Henri

Qu'est-ce que l'école ?

Gallimard

Henri Pena-Ruiz est professeur de philosophie en khâgne au lycée Fénelon (Paris) et maître de conférences à l'Institut d'études politiques de Paris.

À ma mère, qui a su me faire aimer l'école en m'inspirant le respect de ses exigences.

REMERCIEMENTS

Je tiens à remercier vivement Martine Colin Guenancia, professeur à l'IUFM de Dijon, pour le rôle qu'elle a joué, par ses conseils et ses suggestions, dans la mise au point finale de cet ouvrage.

Je remercie également André Tosel, qui a bien voulu m'autoriser à reproduire le remarquable témoignage de son épouse, Michèle Tosel, professeur d'histoire en collège, aujourd'hui décédée.

AVANT-PROPOS

Consacré à l'idée d'école en tant que telle, cet ouvrage se propose d'articuler deux démarches. Rappeler les principes qui la définissent et les idéaux qui la fondent ; réfléchir sur le sens des difficultés anciennes et nouvelles qui affectent sa mise en œuvre concrète. Il s'agit, entre autres, d'éclairer les débats qui ne cessent de renaître sur les orientations de la politique scolaire, mais en se plaçant du point de vue des fondements et des enjeux de l'institution républicaine d'instruction, et en analysant le sens des controverses les plus courantes sur la question. Telle est la singularité du présent ouvrage, qui ne peut évidemment se substituer à des travaux historiques approfondis sur l'histoire de l'éducation et des institutions scolaires, mais qui entend rappeler quelques définitions majeures et proposer des repères conceptuels propres à affranchir le jugement des malentendus polémiques.

Exposer le sens et la raison d'être de l'école, c'est remonter aux principes fondateurs d'une institution qui se propose de dispenser l'instruction à tous les enfants. Le caractère public d'une telle

institution a lui-même une signification précise,
qui met en jeu une volonté politique. Une certaine
idée de l'homme-citoyen, de sa liberté de jugement
comme de la culture qui lui fournit ses repères,
s'inscrit désormais dans le projet républicain, qui
va bien au-delà du suffrage universel et du principe juridique de la souveraineté populaire. Il ne
s'agit pas seulement de transmettre de génération
en génération les savoirs et les savoir-faire qui
assurent la production des biens requis pour
vivre ; il faut aussi construire l'autonomie de jugement de chaque citoyen, en lui donnant l'assise
fondatrice d'une culture ouverte à l'universel. En
somme, affirmer la dimension éducative de l'instruction en rendant possible le processus par
lequel l'élève advient comme sujet libre, maître de
ses pensées. C'est en effet un tel accomplissement
qui le rend capable d'assumer son rôle économique et social, sa responsabilité de citoyen, et
plus généralement sa vie d'homme accompli, de
façon réfléchie et autonome.

En raison même de sa hauteur de vue, de son
exigence, un tel idéal ne peut pas se réaliser aisément. Une société ne se met pas spontanément à
distance d'elle-même, surtout lorsqu'elle est dominée par des puissances médiatiques habituées
à « faire l'opinion », et déchirée par une crise qui
touche les fondements mêmes de l'intégration
républicaine : le chômage structurel lié à la mondialisation du marché et à la déréglementation du
travail que celle-ci impose compromet les perspectives professionnelles, et affecte la crédibilité des
institutions républicaines. L'école publique est
directement touchée par cette crise, et la question

est de savoir comment elle peut y faire face tout en maintenant la fonction de promotion sociale et d'émancipation intellectuelle qui définit sa raison d'être. C'est sur ce point que se nouent les débats et les controverses.

On pourra lire cet ouvrage à la fois comme une présentation raisonnée de l'idéal fondateur de l'école, et comme une mise à l'épreuve de cet idéal au regard des tendances qui effectivement peuvent en contrarier la réalisation. Compréhension des principes et réflexion sur les questions vives seront ainsi articulées l'une à l'autre, dans l'espoir qu'elles s'éclaireront mutuellement.

INTRODUCTION

L'école est aujourd'hui assaillie par des demandes contradictoires. Qu'on en juge.

De nombreux parents, désespérant inconsciem-
ment de pouvoir assumer leurs responsabilités
éducatives, attendent désormais de l'école qu'elle
prenne le relais de leur autorité. La mission traditionnelle de l'école républicaine — instruire
pour former l'autonomie de jugement du futur
citoyen et donner à la formation professionnelle
un socle solide — se trouve ainsi relativisée par
l'adjonction d'une fonction éducative nouvelle. Le
rapport entre éducation et instruction doit-il
être reconsidéré en conséquence ? La question est
difficile. Les mimétismes que développent les
parents, à l'instar de la société tout entière, à l'égard
d'une jeunesse aussi crainte qu'admirée, aussi
exaltée par les modes et les médias qu'infantilisée
par l'ivresse de la consommation, les conduisent
en effet à relativiser les exigences propres de
l'école comprise comme lieu d'instruction. Ils cas-
sent ainsi, sans toujours s'en rendre compte, le
ressort possible de la portée éducative qu'ils espè-
rent maintenant de l'école. Cette situation met en

jeu un malentendu fréquent, qui provient de la confusion entre la dimension affective de l'éducation de l'enfant et sa fonction à la fois intellectuelle et morale d'apprentissage de la rigueur. Les exigences de l'instruction comme telle, même dans son acception traditionnelle, ont en effet une valeur formatrice multiforme sur les plans conjoints de l'éducation et de l'instruction. Bien sûr, il importe pour l'admettre de distinguer l'instruction de ses caricatures habituelles, et notamment de celle qui l'assimile à un bourrage de crâne fait de mémorisation passive de savoirs réduits à des choses dont on s'empare. La concentration, la culture de la réflexion et de la capacité de recul qu'elle met en œuvre, l'exigence de méthode et le souci du travail bien fait, entre autres, ont une portée humaine et morale qui déborde la simple formation intellectuelle. L'instruction comme telle peut donc être un fondement essentiel de l'éducation, et elle n'a pas à se révolutionner pour assumer un tel rôle. Pour l'exemple, des parents, prêts à faire manquer l'école à leurs enfants afin d'éviter le départ en vacances un jour de pointe, s'étonnent ensuite que cette même école peine à conduire un travail éducatif fondé sur la portée exemplaire du travail bien fait. Cet exemple révèle la profondeur du fossé qui se creuse aujourd'hui entre une société de plus en plus captive de ses fascinations immédiates et une école bientôt désemparée par l'alternative qui semble s'imposer à elle : se soumettre aux pressions de l'heure — au risque de se nier elle-même en abdiquant sa fonction propre — ou maintenir malgré tout cette fonction et les exigences dont elle s'assortit — au risque de se trouver en tension permanente avec la société du moment.

La société elle-même semble attendre de l'école qu'elle lui fournisse des travailleurs conformés — voire « formatés » — selon les contraintes de l'heure, mais elle réclame en même temps des personnes capables de s'adapter en toute autonomie aux mutations presque incessantes des savoirs et des savoir-faire. La première demande implique la soumission à la réalité immédiate, la seconde requiert la distance et l'émancipation à l'égard de celle-ci. On a souvent constaté — et c'est logique — que les formations strictement adaptées au dernier cri se révèlent bien vite périmées, sauf à s'articuler à une solide culture générale et à la capacité adaptative qu'elle seule permet. Or il est clair qu'une telle culture relève de la distance à soi de la société, non de la tyrannie de ses urgences. Cette distance avait un nom : les humanités. Enseigner les humanités, c'était recueillir dans l'art, la science, les langues enseignées par approche des civilisations qui se disent en elles, la philosophie, le meilleur des œuvres de la culture, et en faire la matière d'une formation humaine en profondeur, capable de s'ouvrir à l'actualité sans s'aliéner à elle. L'étude des langues anciennes — improprement appelées « mortes » — participait d'un tel projet. Mais l'enseignement des humanités est tombé en déshérence, au nom d'une adaptation à l'air du temps — voire d'une prétendue incompatibilité sociologique avec ce qu'on appelle étrangement les « nouveaux élèves ». Tout s'est alors passé comme si l'on croyait qu'en s'appropriant le meilleur de la culture humaine, dite « classique » par référence à la classe, l'élève allait se détourner de la modernité, et s'enchaîner à une préparation anachronique. Les faux-semblants d'une société captive de ses modes et de ses illusions dictent une telle approche, aveugle à ses contradictions.

Ce qu'on appelle de façon vague la crise du sens et des repères n'est pas sans rapport avec cette déshérence des humanités, comme avec la transformation du savoir en prestation mercantile, réifiée par l'empire de la communication, et réduite à son instrumentalisation immédiate. À trop vouloir faire du savoir un simple instrument de gain, à trop vouloir pratiquer l'élision de la culture comme libre déploiement de l'humanité, on risque de donner à entendre que rien ne compte vraiment hormis la logique du donnant-donnant et le seul souci des moyens. Qui ne voit qu'une telle obsession inverse les fins et les moyens ? La fièvre du résultat tangible va de pair avec une inflation sans mesure de la logique de l'évaluation. Tout semble s'apprécier à l'aune de la seule performance. Le moyen devient fin, et la fin tend à se réduire à ce que le moyen permet d'atteindre. Ainsi se trouve brisée la référence à tout idéal qui dépasserait les limites de la société du moment. L'interrogation éthique sur ce qui vaut, selon Aristote, conduit à distinguer les fins que nous poursuivons pour elles-mêmes, et celles que nous ne cherchons à atteindre qu'en vue d'autre chose qu'elles-mêmes. L'ivresse régnante semble conduire à l'oubli de cette distinction. Le réalisme dérive en conformisme, et la platitude lasse de vies sans horizon produit un inévitable désenchantement du monde. Comme la nature a horreur du vide, le besoin de sens se réfugie alors dans les sublimations religieuses les plus diverses, voire dans la quête de gourous, tandis que le souci de raison s'atrophie. La banalisation du savoir en simple marchandise va de pair avec l'insatisfaction chronique produite par l'idée que tout se vend — voire que tout se vaut. C'est la grise uniformité aux allures de fête multicolore qui s'impose ainsi. Dans le même temps, s'accomplit la disparition de toute alternative éthique ou politique dans le consentement muet aux idoles du jour. On est loin de la préparation à la citoyenneté éclairée si souvent invoquée.

On ne cesse d'en appeler à la démocratisation de l'école, tout en considérant comme allant de soi la révision de ses exigences culturelles dès lors que la « massification » de l'enseignement serait supposée incompatible avec son niveau d'exigence traditionnel. Pour résumer en extrapolant, quantité et qualité ne pourraient aller de pair. Un tel projet se contredit, si les mots ont un sens, dès lors que ce n'est plus l'enseignement au sens exigeant du terme qui se démocratise, mais son appauvrissement. À terme, le champ libre est à nouveau laissé aux influences des milieux socio-culturels pour compenser, ou non, une telle baisse des exigences. Là encore, il y a une étonnante contradiction entre le vœu de démocratisation et ce qui se donne comme sa réalisation concrète. À noter que c'est au nom d'une telle démocratisation, et de la sempiternelle invocation de l'adaptation au monde comme il va, que l'on croit devoir mener à bien une mise en cause des ambitions culturelles de l'enseignement, alors que seules ces ambitions lui donnent à la fois sa dimension émancipatrice et sa fonction humaniste en ce qui concerne la question du sens et des repères.

Bref, les questions vives concernant le sens de l'école aujourd'hui sont essentielles, car elles mettent en jeu toute une réflexion sur le devenir des sociétés, et l'idée que se font les hommes de leur propre avenir. Kant, après Rousseau, faisait remarquer que le grand travers des parents est d'ériger en norme de l'éducation la société du moment, si corrompue soit-elle. C'est qu'ils en appelaient à une refondation possible des références et des normes de l'éducation, afin qu'un progrès de l'humanité soit désormais possible. Un tel enjeu peut sembler aujourd'hui suranné. Cependant, seule l'omniprésence des clichés sur l'école, et des préjugés qui les accompagnent, semble en décider ainsi. Les réflexions qui suivent prennent résolument le contrepied de ces préjugés et de ces clichés.

Le livre qu'on va lire pourra sembler bien intempestif, voire paradoxal, au regard des multiples préjugés qui ont acquis la pseudo-évidence de lieux communs. Mais, comme le précisait Rousseau au début de l'*Émile*, mieux vaut soutenir des paradoxes que défendre des préjugés.

CHAPITRE I

LA NOTION D'ÉCOLE

> « Rendre la raison populaire »
> CONDORCET,
> *Quatrième Mémoire*
> *sur l'instruction publique.*

Une étymologie trop oubliée

Le mot « école » vient d'un terme grec, *scholè*, qui veut dire loisir, entendu au sens de libre activité. Le latin *schola* reprend cette acception, d'abord donnée au terme *ludus*, qui veut dire aussi « jeu ». Évoquant l'école (*schola*) comme lieu d'enseignement, Festus précise que les enfants doivent s'y adonner aux études libérales, toutes choses étant par ailleurs suspendues (*ceteris rebus omissis, vacare liberalibus studiis pueri debent*). L'idée essentielle tient déjà dans cette maxime : l'école est inventée pour que le petit homme puisse cultiver ses facultés par des études délivrées des contraintes du moment. C'est que de telles études ont pour seule fin l'épanouissement des potentialités de chacun en authentiques facultés. Reposant sur ces facultés, le sort des activités qui conditionnent la vie et la survie n'en sera pas pour autant négligé : il sera au contraire mieux assuré. Le succès d'une telle entreprise requiert que le lieu et le temps de ces études soient préservés des urgences de la vie, qui sinon les marqueraient de leurs limites. Ainsi naît l'idée d'un espace et d'un temps de loisir consacré à l'étude. On tient ici l'idée fondatrice de l'école.

Certes, on peut faire remarquer que les attentes propres de la société conduisent à privilégier dans l'éducation globale telle ou telle faculté, en fonction de sa propre orientation, qui varie. À Sparte, cité guerrière, priorité était donnée à l'éducation physique, assortie d'un enseignement de lecture, d'écriture, et de musique. Mais ainsi la matrice de l'institution scolaire n'en est pas moins esquissée. Sa réalisation concrète variera selon les fins que la société saura lui reconnaître. Elle dépendra du type de constitution politique en vigueur, et des fins qu'elle se propose.

Dans une république, l'idéal de l'école se propose pour fins simultanées la réalisation de l'accomplissement humain comme tel, l'exercice éclairé de la citoyenneté, et la formation en vue de l'activité professionnelle. La référence fondatrice au loisir est décisive, pour rappeler qu'au moment où elle se soucie de faire advenir dans l'enfant une humanité accomplie, la société doit en quelque sorte se mettre à distance d'elle-même. Ainsi, elle délivre l'éducation et l'instruction de ses limites. Il s'agit alors de distinguer l'ordre de la production, ou de la vie immédiate, et celui de l'éducation par l'instruction. Chaque ordre a sa légitimité et ses exigences propres, et le mélange des genres est néfaste. Cette dissociation rend d'ailleurs possible un élargissement de la visée éducative : à Lacédémone, le futur guerrier ne peut être formé par les seuls arts martiaux, car il est homme et, pour combattre, il lui faut bien appréhender l'intérêt de défendre la Cité, discipliner ses impulsions, connaître l'histoire et la littérature qui rappellent le sens et les exemples du dévouement. La maîtrise d'un savoir ou d'un savoir-faire s'articule en l'occurrence à une formation d'ensemble, et ne saurait se suffire à elle-même.

Une certaine idée de l'homme, implicitement ou explicitement, habite donc la conception du rôle dévolu à l'école. Le propos peut paraître ambigu, si l'on veut voir dans cette idée un modèle d'accomplissement obligé au lieu d'un ensemble d'exigences qui conditionnent la plénitude d'un accomplissement libre. Le caractère global de la visée fondatrice de l'institution articule l'éducation et l'instruction. La question du sens et de la raison d'être de l'école apparaît ainsi à son nécessaire niveau de radicalité. Se trouve mis en jeu le rapport entre la société du moment et l'idée qu'elle se fait de ses propres valeurs. L'école se réduira-t-elle à un simple reflet du lieu et de l'époque, ou fera-t-elle effort pour se délivrer de leurs limites ? Sera-t-elle conçue en vue d'un monde meilleur, ou simplement pour reproduire celui qui existe par une démarche conformiste ? C'est bien du rapport à soi de toute société que dépend la réponse à ces questions.

De telles remarques valent déjà pour distinguer les écoles, qualifiées et spécialisées, de l'*École*, entendue comme institution résultant d'une volonté politique explicite, et engageant l'État, c'est-à-dire la Cité. La communauté politique tout entière est concernée dès lors qu'il s'agit de ne pas abandonner au hasard des conditions de fortune, et aux disparités qu'il recouvre, le processus de formation du petit homme et les chances de réussite dont il relève. En ce sens, il a pu exister des sociétés sans école, alors même que des écoles, ouvertes à certains en vue de buts déterminés, y prospéraient. L'absence d'institution scolaire commune, ouverte à tous, laisse le champ libre aux différenciations internes de la société civile pour moduler l'accès à l'instruction : elle consacre à cet égard les inégalités. Une société sans école n'est un rêve libertaire que pour un esprit inattentif, oublieux de l'histoire.

L'espace-temps du loisir scolaire

C'est la Cité antique, peu préoccupée de productivité économique, qui conçoit la dimension essentielle du loisir, et de l'activité désintéressée, pour l'accomplissement humain. On peut observer d'emblée l'ambiguïté historique d'un tel idéal, puisque l'esclavage antique matérialise la séparation entre travail productif, dévolu à certains hommes, et libre activité, considérée comme requise par le propre de l'homme. Aristote distingue ainsi la production (*poïesis*), dont la fin est extérieure à l'activité mise en œuvre, et l'action (*praxis*), qui a sa fin en elle-même, et permet à ce titre le libre épanouissement de l'humanité. La seconde a certes pour condition la première. Mais on peut concevoir de deux façons une telle subordination. Dans les sociétés où règne un rapport de domination de certains hommes sur d'autres — esclavage, servage, salariat capitaliste —, le loisir essentiel tend à être l'apanage de la classe qui domine. En revanche, dans une société qui met en cause ce type de domination, la libre activité de la *praxis* est considérée comme un droit de tout homme, même si sa condition du moment en hypothèque la réalisation. L'activité n'est dite servile que lorsqu'elle n'a pas sa raison d'être en elle-même. Quand le travail obligé absorbe la vie entière, il ne laisse plus place à la réalisation de soi. Ce n'est donc pas la nature de la tâche qui la rend noble ou servile, mais le caractère contraignant de cette dimension utilitaire exclusive, et des rapports de domination qui en sont le cadre. Le menuisier qui travaille le bois pour son propre plaisir cultive en lui-même quelque chose d'essentiel, comme Thalès se livrant à la spéculation astronomique sans souci de s'enrichir. Nulle hiérarchie des tâches n'est concevable, en principe, dans l'accomplissement humain, qui apparaît comme une pluralité de registres ordonnée toutefois au caractère propre de l'espèce humaine. Aristote et plus généralement l'humanisme philosophique ont souligné la place que tient la pensée dans cette polyphonie des modes d'accomplissement, non pour suggérer que nulle pensée n'est présente dans l'artisanat manuel, mais pour délivrer la pensée comme telle de ses incarnations particulières : « L'homme est né pour deux choses : pour penser et pour agir en dieu mortel qu'il est. » (*Protreptique*, fragment 28) La culture technique, les arts manuels, à côté des activités multiformes de la pensée théorique, ont d'ailleurs droit de cité dans la culture scolaire de référence, qui les élève à la compréhension de leur valeur éducative propre comme de leur sens.

La division sociale du travail, ordonnée à des rapports sociaux de domination, peut brouiller l'idée qu'en tout homme l'avènement de l'humanité requiert du loisir afin que les potentialités dont il est riche, cultivées pour elles-mêmes, donnent toute leur mesure. De même, elle peut laisser croire que certains hommes seulement sont porteurs des potentialités les plus riches. Double faux-semblant, qui confond la condition et l'essence, en clair la situation sociale et les potentialités de chacun. La pédagogie court alors le risque de se soumettre à des « différences » qu'il faudrait au contraire dépasser. La tentation, résistible, est d'inscrire l'instruction scolaire dans les limites des facultés et des intérêts spontanément manifestés par les élèves, au lieu de remonter un cran en amont, à ce moment de l'enfance où se joue la formation proprement dite des facultés. Celles-ci relèvent de potentialités plus ou moins bien sollicitées et cultivées selon le contexte social. Comprise dans ses exigences les plus hautes, l'idée d'école correspond au souci de récuser ces confusions mortifères pour l'idéal d'égalité.

Le projet d'un accomplissement réussi dans une libre activité doit se trouver comme anticipé par la culture scolaire et la dimension universelle de son ouverture aux grands champs de l'activité humaine. Il doit l'être aussi, bien sûr, par les conditions de l'accès aux savoirs et aux savoir-faire. C'est dire que l'inégalité sociale, lorsqu'elle tient concrètement en échec un tel idéal, ne saurait constituer un démenti de sa portée universelle. La possibilité de viser un tel idéal ne peut non plus être invalidée par la fatalisation idéologique subreptice qui fait d'une condition sociale donnée une nature particulière. L'idée dont relève la pensée de l'école doit en l'occurrence s'affranchir des représentations les plus immédiates.

Celles-ci, le plus souvent, sont paresseusement asservies à l'illusion de perspective que constituent les préjugés de l'heure. C'est par elles qu'une société donne son consentement muet à ses propres injustices.

Décider que tout enfant doit disposer d'un espace et d'un temps de loisir pour faire advenir en lui les ressources d'une humanité accomplie est bien un acte volontaire. Décision d'une société sur elle-même, en quelque sorte : tout se passe alors comme si l'organisation sociale se mettait à distance d'elle-même, de son être spontané, tel qu'il est occupé par le souci de vivre, et d'assurer le lendemain. Tout occupé aussi, dans la mesure d'un certain rapport de forces, à se reproduire à l'identique, et pour cela à orienter l'éducation selon la logique de cette reproduction. On comprend qu'une telle décision, impliquant de fait une double autocritique, ne va pas de soi. Contre le conservatisme social, qui ne peut spontanément penser l'école et la mettre en place sans la plier aux puissants du moment ; contre le souci de la seule utilité immédiate, à l'aune de laquelle tend à se mesurer l'effort éducatif. L'école, temps et lieu de loisir libérés pour permettre à chacun de devenir tout ce qu'il peut être, est donc une conquête.

Conquête et non donnée allant de soi, l'école ainsi comprise ne vit que de la volonté politique qui l'institue, et doit même la réinstituer continuellement contre les tendances de la société civile à l'assujettir à ses demandes immédiates.

Le sens d'une institution

La condition faite à un homme lui permet-elle de devenir tout ce qu'il peut être ? Telle est bien la question majeure. S'il n'est de nature humaine entièrement prédéfinie, le rôle des incitations et de la culture est décisif. Montaigne parlait en ce sens de l'« institution des enfants ». L'enfant d'esclave sera-t-il esclave à son tour ? Nul ne devient homme sans l'ensemble des incitations fonctionnelles de l'éducation et de l'instruction. Il est à craindre que l'origine sociale ne devienne un destin dès lors que ces incitations se proportionnent aux possibilités qu'elle détermine. On parlera alors à bon droit de reproduction, mais pour noter tout aussitôt que la raison d'être de l'institution scolaire est de soustraire l'instruction à cette reproduction : celle-ci n'advient pleinement que par le libre cours laissé aux déterminismes sociaux, ou la réduction de l'école à un simple reflet institutionnel du monde ambiant. Comme on le verra, c'est très exactement en vue d'un effet radicalement contraire que l'école républicaine et laïque est conçue.

Parler de l'institution des enfants, c'est situer la responsabilité du devenir de chacun à son juste niveau. S'il a en lui le principe de son développement, le petit homme dépend néanmoins largement des dispositifs que la société mettra en œuvre pour lui permettre de se manifester. À défaut, la famille y pourvoira dans les limites de ses possibilités particulières. L'école, au-delà des familles et de leurs limites éventuelles, doit mettre à la portée de tous l'instruction qui porte à la conscience de soi et à l'accomplissement un ensemble de potentialités dont le petit homme, sinon, n'aurait pas même idée. En ce sens, l'école est rupture émancipatrice, déliaison radicale par rapport aux déterminismes sociaux. Cela ne veut pas dire qu'elle dispose du pouvoir miraculeux d'en suspendre totalement les effets, mais que sa raison d'être tend justement à les mettre hors jeu, autant que possible, dans la transmission de la culture.

Ici se dessine le sens d'une émancipation sociale qui, à tout le moins, esquisse pour chaque homme la participation à une activité libre. L'opposition sociale des hommes libres et des esclaves, comprise en son sens large, ne doit priver aucun enfant de cette école d'humanité qu'est la culture. Point décisif notamment pour les plus démunis, ainsi délivrés des effets de la division du travail et des stratifications qui en relèvent sur le plan du rapport à la culture. L'enfance, dans la lumière d'une humanité qui doit lui être promise sans la restriction initiale d'une déshérence qu'elle intérioriserait ou subirait, devient l'objet d'une institution publique. Dépositaire de ce que les enfants peuvent devenir lorsqu'ils s'affranchissent de leurs origines, l'école publique tient qu'un tel devenir est chose trop importante pour rester plus longtemps à la merci du hasard de la naissance et de la fortune. On n'est pas moins homme par la privation d'instruction, mais l'on subit ainsi, d'emblée, une régression des possibilités d'accomplissement et de liberté.

« L'École est le lieu où l'on va s'instruire de ce que l'on ignore ou de ce que l'on sait mal pour pouvoir, le moment venu, se passer de maître[1]. » Une telle définition peut valoir pour toute école, particulière ou générale. Dans le cas d'une institution publique, soucieuse de soustraire l'instruction à la disparité des situations de fortune et de pouvoir comme de culture familiale, elle prend toutefois un sens d'une singulière portée. L'instruction n'est pas simple acquisition de biens culturels, de connaissances qui seraient détenues sur le mode de l'avoir. Elle concerne l'être, qui s'accroît et se révèle tout à la fois à mesure qu'il prend conscience de ses potentialités et qu'il les accomplit. Spinoza le rappelle, dans un langage fort : la puissance de comprendre, en augmentant, accroît la puissance d'agir, qui à son tour stimule la puissance de comprendre. Cette dialectique heureuse fait advenir l'autonomie de jugement, part essentielle de la liberté. L'instituteur ou le professeur n'a rien d'un dispensateur d'information qui traiterait les connaissances comme des objets morts, à « transmettre » comme on transporte un objet d'un lieu à un autre. Agissant pour que mûrisse, par la culture et les repères essentiels dont elle s'assortit, le pouvoir autonome de juger, il apprend effectivement à l'élève ce qui, un jour, lui permettra de se passer de maître. En l'occurrence, le pari généreux est que tout homme détient la puissance de penser, et qu'il ne s'agit que de l'éveiller à elle-même, de l'élever, comme dit si bien le mot *élève*, que certains pédagogues ont significativement abandonné au profit du terme « apprenant », qui en dit long sur la prégnance du modèle ambigu de l'apprentissage. Alain soulignait avec force une telle ambiguïté : « L'apprentissage est l'opposé de l'enseignement. Cela vient de ce que le travail viril craint l'invention. L'invention se trompe, gâte les matériaux, fausse l'outil. L'apprenti subit cette dure loi ; ce qu'il apprend surtout, c'est qu'il ne doit jamais essayer au-dessus de ce qu'il sait ; mais bien plutôt toujours au-dessous[2]. »

Suspendre pour un temps les urgences de la vie, ce n'est pas opposer l'école à la vie, mais savoir que ce sont les hommes qui font la vie dans toute la mesure de leur pouvoir, et qu'ils ont pour cela besoin de penser. De la plénitude de leur accomplissement intellectuel et moral dépend très largement leur efficience tant dans leur vie d'hommes que dans le rôle social qu'ils seront conduits à jouer au sein de la société civile et du système économique.

Une idée philosophique de l'école

Une alternative peut maintenant être posée. Une éducation simplement adaptée à ce qui est reste asservie à la société du moment : elle se signale par son conformisme. La Cité, construction politique irréductible à cette société, requiert des citoyens authentiques, capables de penser par eux-mêmes, et riches d'une humanité affranchie des limites dans lesquelles la division du travail tend à les inscrire. De cette façon s'affirme aussi la référence la plus riche pour juger des injustices réelles. C'est donc bien une certaine idée de l'homme, conçue non comme un modèle mais comme un idéal porteur d'exigences d'accomplissement, qui se trouve mise en jeu.

Ainsi, Aristote pense la raison d'être de l'éducation (en grec, *païdeia*) non par référence à la distribution des tâches et des puissances, mais par la visée d'une fin qui est celle de toute la Cité. Cette fin n'est pas la seule survie, mais ce qu'il appelle le « bien-vivre », c'est-à-dire la réalisation accomplie du propre de l'homme, de son « excellence » (en grec, *arètè*, traduit aussi, de manière plus ambiguë, par « vertu »). À cet égard, l'homme et le citoyen se forment ensemble, et la vie politique doit relever de la vie avec la pensée, sans bien sûr en épuiser la portée. Le citoyen est d'autant plus en mesure de participer à la vie de la Cité, d'intervenir sur elle, qu'il peut se référer aux exigences idéales d'une humanité accomplie, et juger ainsi lucidement du rapport entre ce qui est et ce qui doit être. L'accent mis sur la libre activité peut apparaître comme un point aveugle de l'analyse aristotélicienne, pour autant qu'il semble faire silence sur la condition sociale historiquement datée d'un tel idéal. L'esclavage, comme institution sociale, serait en effet ce qui rend alors possible le loisir essentiel des hommes libres, déchargés de la nécessité de produire. Celle-ci, en revanche, dominerait la vie entière de certains hommes. Mais la pensée d'Aristote dépasse cette lecture historique. Elle peut tout aussi bien signaler l'irréductibilité d'une exigence que rien n'oblige sinon l'aveuglement idéologique des bénéficiaires d'un tel système, à réserver à une partie de l'humanité, à l'exclusion de l'autre. Il faut donc prendre au mot l'idéal d'Aristote, et en élargir le champ d'application à tous les hommes.

L'école, dans une telle perspective, est bien institution de la Cité par excellence, et s'ordonne à une idée de l'humanité accomplie reconnue comme universellement applicable. Ce « maximum » ne suppose pas que tous les hommes soient identiques, mais interdit d'imputer hâtivement à la nature ce qui est imputable aux facteurs sociaux. Ni servante à court terme de l'économie ni appareil idéologique de la classe dominante, l'école républicaine doit toujours se conquérir contre tout ce qui tend à la réduire à l'une ou à l'autre de ces deux fonctions, voire aux deux réunies.

La volonté d'instruire est un choix délibéré par lequel la politique ose transgresser les limites des rapports sociaux du moment, quitte à forger ainsi les instruments de sa propre mise à distance et de sa réappropriation réfléchie par des citoyens maîtres de leur jugement. Éducation à la liberté, et non conditionnement idéologique aux préjugés de l'heure. Cet idéal critique entre en tension avec la tendance de toute société à se reproduire à l'identique. Mais on peut avoir à cœur d'assumer cette tension en concevant l'école comme un pôle de référence, qui lui donne un sens émancipateur et critique, quels que soient par ailleurs les constats réalistes de ce que sont les pesanteurs sociales.

Éducation exigeante fondée sur une instruction libératrice et vie accomplie prennent sens l'une par rapport à l'autre. L'idée philosophique d'école reçoit ainsi ses lettres de noblesse, notamment pour apprécier ce que peut être une authentique démocratisation : maintien d'un niveau d'exigence qui conditionne les progrès de l'égalité, et non révision de celui-ci sous prétexte d'accueillir davantage d'élèves. Après Aristote, de grands penseurs ont su donner à l'idéal scolaire sa juste place dans une philosophie générale de l'émancipation humaine : Comenius, auteur de la *Pampaideïa* (1650) ; Rousseau dans l'*Émile* (1763) ; Condorcet dans ses *Mémoires pour l'instruction publique* (1792-1793).

Les fins de l'école

Gaston Bachelard rêvait d'une « société faite pour l'école » — non d'une école faite pour la société [3]. Étonnant renversement des faux-semblants les plus communs, qui résonne aujourd'hui de façon intempestive. Première interrogation majeure : la société est-elle prête à reconnaître l'école comme telle, c'est-à-dire en en respectant les finalités autonomes ? Une reconnaissance de cette nature implique non seulement qu'elle consente à voir en elle une institution autonome, aux fins propres, mais aussi qu'elle lui renouvelle les moyens et la considération qui lui permettent de poursuivre ses fins. Une société faite pour l'école, en ce sens, c'est une société qui assure à l'école toute sa place, sans la dénigrer de façon sempiternelle, ni prétendre que son rôle est désormais tout relatif au regard des canaux modernes de l'information. C'est aussi une société qui ne demande pas à l'école ce qu'elle n'est pas en mesure de faire — par exemple abolir complètement l'inégalité sociale ou ses effets — alors qu'elle-même laisse en l'état les ressorts socio-économiques dont dérive cette inégalité. C'est enfin une société qui sait se délier de ses obsessions immédiates, et reconnaître que l'humanité de l'homme ne se réduit pas au producteur-consommateur, ni la culture au corpus de savoirs et de savoir-faire directement opérationnels et rentables. Bref, une société soucieuse de ne pas délégitimer l'école dans le moment même où paradoxalement elle lui demande plus. En profondeur, une telle société doit savoir prendre conscience de ses propres limites, et de l'exigence de son propre dépassement critique par sa réinscription dans une histoire et un horizon de culture universelle.

Il est vain, dans une telle perspective, d'opposer entre elles les fins de l'école, et de construire à cet effet des antinomies paresseuses entre des fins qui seraient réputées contradictoires après avoir été définies unilatéralement. Qu'on en juge. Dans une société hantée par le chômage, on souligne à l'envi l'urgence d'une qualification professionnelle permettant déjà de « gagner sa vie » — expression banale et néanmoins curieuse. D'où une tendance croissante à opposer l'« abstraction » de la culture générale — luxe plus ou moins inutile — à la réalité concrète des « formations qualifiantes ». Pourtant, la mutation incessante des savoirs et des savoir-faire rend manifeste la vanité des formations à courte vue, qui destinent leurs « bénéficiaires » à un chômage différé, dès lors qu'elles les enchaînent à des compétences rendues rapidement obsolètes. Un tel constat met en évidence toute l'importance des savoirs fondamentaux, cultivés pour eux-mêmes, fondateurs d'une capacité d'adaptation autrement plus précieuse que la maîtrise de techniques adaptées à une conjoncture particulière. Il ne s'agit pas tant d'invalider l'apprentissage des nouvelles technologies que de lui donner sa place dans une culture qui reste soucieuse de ne pas fermer l'éventail des formations sous prétexte de faire droit aux savoir-faire du jour. La calculette ne doit pas dispenser d'apprendre à compter, ni le correcteur orthographique des ordinateurs dispenser d'apprendre l'orthographe. Les grandes écoles ne s'y trompent pas, qui valorisent dans leurs épreuves de recrutement non des compétences très « pointues » et univoques, mais la maîtrise d'une culture générale où savoirs et jugement autonome n'ont de sens que dans leur vivante union.

Opposera-t-on davantage la formation de l'homme et celle du citoyen ? La confusion de la citoyenneté et de la civilité, entendue trop souvent comme évitement du conflit — et non comme courtoisie afférente au respect mutuel —, peut brouiller la question. Apprendre à vivre ensemble, ce n'est pas s'exercer à taire les conflits et les désaccords qu'une pensée critique doit savoir rendre conscients, sans pour autant leur donner une tournure violente. Sauf à tomber dans les équivoques du « consensus » et de la « pensée unique ». À vouloir confondre trop souvent la citoyenneté avec les bonnes manières, ou avec l'exercice soumis du rôle social provisoirement rempli, on tend à abdiquer l'exigence critique dans un confor-

misme qui n'avoue pas son nom. À disqualifier
l'abstraction libératrice d'une humanité qui ne se
réduit pas à la figure sociale dominante du
moment, on coupe la citoyenneté de la référence
qui l'éclaire et la délivre du consensus du jour.

Peut-on opposer plutôt le citoyen et le travailleur, sans modeler la citoyenneté sur l'idéologie dominante qui consacre certains rapports
sociaux, ou inciter à un exercice soumis de la fonction sociale et économique dévolue par la division
actuelle du travail ?

L'idéal des Lumières dont relève l'école républicaine récuse de telles oppositions. L'homme, le
citoyen, le travailleur s'accomplissent ensemble,
et non de façon inversement proportionnelle. Former l'homme, dans la plénitude de ce qu'il peut
être, c'est donner au citoyen sa référence la plus
exigeante et son assise la plus sûre. Instruire le
futur citoyen afin que sa raison puisse juger librement et fonder son autonomie, c'est donner au
travailleur une culture universelle qui tend à
l'affranchir des limites que lui assigne sa place
dans la division du travail ; c'est lui permettre également de ne pas s'enfermer dans le caractère uni-
dimensionnel d'un métier. L'école ouvre alors sur
le légitime souci de soi, compris à l'échelle de
toute l'humanité. De ce point de vue, le contexte
actuel est source de paradoxe : la possibilité d'un
loisir accru pour tous semble advenir, mais en
période de réduction durable des emplois les
conditions sociales en font davantage une épreuve
qu'une occasion d'accomplissement. Plus de vingt
siècles après Aristote, penseur du loisir propre à
l'humanité, saura-t-on enfin admettre que l'école

doit aussi préparer les hommes à vivre leur vie d'homme quand ils en viennent à ne plus travailler ? La relégation de la culture générale apparaît à cet égard comme le comble de l'aveuglement obscurantiste, voire de l'inconscience. L'utilitarisme outré est l'antichambre de l'ennui. Il confine la vie quotidienne dans l'oubli de soi, et le sens de la vie dans le non-sens d'une production sans fin.

Éducation et instruction

Il existe une certaine façon de définir l'éducation et l'instruction qui conduit à les opposer. Opposition stérile, bien souvent polémique, conjuguant parfois de simples malentendus. C'est que la compréhension de chacun des termes peut varier au point de recouvrir des choses très distinctes, voire contradictoires.

L'éducation se dit du processus par lequel un être est conduit (du latin *ducere*) vers un point déterminé, à partir d'une condition première dont il faut sortir (*ex-ducere*). Un tel processus n'a de sens qu'au regard d'une sorte de manque initial, d'inachèvement. À ce titre, il concerne le petit homme, dont les facultés, d'abord simples potentialités, doivent être cultivées pour se développer. L'idéal directeur d'une éducation est donc la fin qu'elle se propose : il s'agit du type de facultés et de représentations qu'elle s'efforce de faire advenir. Une alternative décisive apparaît alors.

S'agit-il de former un être humain conforme aux archétypes que valorise une société donnée et aux valeurs qu'elle reconnaît dans son fonctionnement

effectif ? L'éducation est en ce cas simple confor-
mation à un modèle préexistant, et s'apparente en
partie à un conditionnement idéologique. Elle
recouvre l'ensemble des influences exercées, des
mimétismes suscités, pour faire intérioriser ce
modèle. Plus ou moins consciemment, et plus ou
moins spontanément, les sociétés humaines et les
familles tendent vers cette conception purement
adaptative. Les bonnes manières, l'adaptation
soumise aux normes d'une certaine économie, la
distinction sociale qui transite par l'acquisition
d'habitudes liées aux mœurs familiales sont
autant de fins d'une telle éducation. À cela près
que la rapidité et la complexité des mutations auxquelles on assiste aujourd'hui rendent une telle
éducation-reproduction de plus en plus difficile,
voire impossible.

S'agit-il au contraire de promouvoir la liberté
sous la forme d'une autonomie de jugement et
d'initiative ? L'éducation ne saurait pourtant se
réduire au conditionnement social et à l'intégration conformiste. Après Rousseau, Kant faisait
remarquer, comme on l'a vu, que la tendance des
parents est d'ériger en norme le monde comme il
va. Le beau risque de la liberté apparaît alors, par
une illusion de perspective, comme incompatible
avec ce qu'on croit à tort être le « réalisme », et
qui n'est que soumission conformiste. Quant au
souci d'« adaptation », on a pu voir l'ambiguïté
qu'il recouvre s'il ne s'articule pas à une construction de l'autonomie.

La globalité de l'éducation fait qu'elle s'étend
aux façons d'être et aux postures éthiques, aux
opinions religieuses et politiques, aux orientations

affectives, aux niveaux d'aspiration. Le sens de l'alternative évoquée est donc de grande portée.

L'instruction, quant à elle, n'est guère comprise si l'on veut seulement voir en elle l'acquisition mécanique de savoirs inertes, la mémorisation passive d'« informations ». C'est pourtant sur une telle caricature que s'acharne ordinairement une certaine critique menée au nom de la pédagogie. Cette critique a beau jeu ensuite d'opposer la vanité et l'inhumanité d'une instruction ainsi « comprise » à la vertu d'une éducation soucieuse de l'être de l'enfant, de sa personne vive. Bien des ambitions de réforme reposent sur un tel contre-sens, qui croient devoir donner un « supplément d'âme » psychologique et affectif à la sécheresse supposée d'une instruction présentée comme une inculcation. En réalité, l'instruction véritable n'a rien à voir avec un tel repoussoir.

L'étymologie là encore est éclairante, au-delà du paradoxe de l'analogie avec l'instruction militaire, si souvent soulignée par ceux qui polémiquent d'un air entendu. En latin, *instruere aciem* signifie « mettre en place l'armée », pour qu'elle se trouve en ordre de bataille. S'instruire, plus générale-ment, c'est apprendre selon un ordre logique, dont dépend la compréhension graduelle : ainsi, procé-der du plus simple au plus complexe, c'est s'élever par degrés à l'intelligibilité d'un savoir. On va du connu à l'inconnu, des éléments à leur combinai-son plus ou moins poussée, et seule la raison active de celui qui apprend est mise en œuvre. D'où l'analogie de la façon d'apprendre ainsi avec un cheminement, avec la *méthode* (du grec *meto-dos* : chemin que l'on suit). Nul principe d'autorité dans un tel processus conduit selon la méthode, mais le seul principe de raison, qui veut que l'on ne tienne rien pour vrai tant que l'on n'y a pas consenti soi-même, en première personne. En ce sens, la première maxime de Descartes pourrait illustrer la démarche de l'instruction de soi par soi : « ne recevoir jamais aucune chose pour vraie que je ne la connusse évidemment être telle » (*Discours de la méthode*, deuxième partie). Certes, on fera remarquer qu'une telle conception tient davantage de l'idéal régulateur que d'une réalité totalement effective. Il n'en reste pas moins vrai que cette orientation est essentielle en ce qu'elle fixe la raison d'être finale du processus d'instruction, intégrant les moments de simple mémorisation à une finalité globale qui leur assigne leur dimension émancipatrice. Il suffit pour s'en rendre compte d'observer que les savoirs mémorisés s'articulent alors dans un processus intellectuel de formation de la lucidité, irréductible à la vaine érudition que Rabelais, entre autres, tournait en dérision. On remarquera qu'un tel cheminement délivre la pensée des faux-semblants de l'heure et des impulsions aveuglantes. La prégnance première du préjugé doit céder la place au jugement autonome, fondé sur le seul consentement à ce qui est activement compris comme vrai. On voit que les sarcasmes ordinaires sur l'instruction qui ferait marcher au pas et produirait la soumission se situent donc aux antipodes de la vérité. La discipline de l'esprit qui juge exprime et conforte la liberté du sujet qui pense. C'est bien pourquoi Descartes a fait de l'expérience intérieure de la liberté du jugement — qu'il s'agisse d'affirmer ou de douter — la pierre de touche et le révélateur de l'essence même de l'humanité : chose qui pense et, partant, qui n'est plus simple chose. Ma pensée est mienne, parce que mes pensées dépendent de l'ordre que j'adopte pour en garder la maîtrise. Tels sont en fin de compte la raison d'être et le ressort de l'instruction scolaire, à mille lieues de caricatures trop habituelles.

Dans la rigueur de l'expression, nul ne peut donc être instruit passivement, au sens où il ne ferait que subir une inculcation de connaissances. L'instruction requiert la présence à soi de l'intelligence, dédoublée dans la conscience réflexive qui remonte aux fondements des savoirs. S'être instruit du théorème de Pythagore, ce n'est pas — ou pas seulement — se trouver en mesure de le réciter sans faute, mais en comprendre personnellement les raisons, et pouvoir les expliquer. En ce sens, on s'instruit soi-même de ce qu'il y a à comprendre. La forme pronominale signale que c'est l'esprit qui s'éclaire lui-même et ne peut faire siennes les raisons en jeu que s'il les assume librement : le principe d'autorité n'a pas de place là où il s'agit de comprendre authentiquement. L'instruction véritable est une école de liberté, qui dispose chacun à n'admettre pour vrai que ce à quoi il consent de plein gré après examen rationnel. L'autorité du maître ne lui vient d'abord que de celle de la chose enseignée, telle qu'elle résulte du mouvement de la réflexion engagée dans une aventure qui ne peut être que personnelle. Connaître, c'est apprendre à dire « je », en se découvrant soi-même auteur de ses pensées.

Platon, dans le dialogue du *Ménon*, dépeint un jeune garçon qui découvre en lui une vérité de la géométrie. Tout se passe, au moment où il s'instruit, comme s'il n'apprenait rien que de lui-même, ce qu'exprime l'assimilation de la connaissance à une reconnaissance, à une remémoration. L'aide du maître Socrate est certes indispensable pour qu'il fixe son attention sur les données du problème (comment obtenir un carré double d'un carré donné ?). Mais le travail de réminiscence ne peut être accompli que par le jeune homme, et personne d'autre. Sa raison naturelle convenablement stimulée et guidée découvre la solution comme une vérité allant de soi et qui n'attendait, en somme, que de faire l'objet d'une prise de conscience. Ce n'est pas à proprement parler le libellé exact de la connaissance à acquérir qui est su par avance ; c'est plutôt la démarche intellectuelle qu'il convient d'effectuer qui se révèle comme potentiellement inscrite dans tout esprit. Nul ne peut penser ni comprendre à ma place : tel est le sens radical de l'instruction.

L'émancipation du jugement en est donc solidaire de l'instruction, qui fournit un fondement décisif de l'éducation à la liberté. Un beau texte de Sartre le rappelle : « C'est qu'il entre toujours, dans l'ivresse de comprendre, la joie de nous sentir responsables des vérités que nous découvrons. Quel que soit le maître, il vient un moment où l'élève est tout seul devant le problème mathématique ; s'il ne détermine son esprit à saisir les relations, s'il ne produit de lui-même les conjectures et les schèmes qui s'appliquent tout comme une grille à la figure considérée et en dévoileront les structures principales, s'il ne provoque enfin une illumination décisive, les mots restent des signes morts, tout est appris par cœur. Aussi puis-je sentir, si je m'examine, que l'intellection n'est pas le résultat mécanique d'un procédé de pédagogie, mais qu'elle a pour origine ma seule volonté d'attention, ma seule contention, mon seul refus de la distraction ou de la précipitation et, finalement, mon esprit tout entier, à l'exclusion radicale de tous les acteurs extérieurs. Et telle est bien l'intuition première de Descartes : il a compris, mieux que personne, que la moindre démarche de la pensée engage toute la pensée, une pensée autonome qui se pose, en chacun de ses actes, dans son indépendance plénière et absolue[4]. »

La joie de comprendre produit comme un accroissement de l'être, en un double sens : progrès dans la réalisation de soi et dans la confiance qui en résulte, elle est aussi élévation à une pensée plus lucide et mieux affirmée. La lucidité existentielle, proportionnée à la puissance du jugement autonome, s'en trouve facilitée. Il est donc vain, et faux, d'opposer instruction et éducation, sauf à retenir pour chacune une acception contestable. L'instruction bien comprise est un fondement essentiel de la liberté et de l'accomplissement de soi, ce qui est finalement la même chose. Elle entre en conflit, assurément, avec la version conformiste de l'éducation, car tôt ou tard l'exigence de vérité se heurte aux préjugés du moment. On remarquera d'ailleurs que le sempiternel procès d'une instruction confondue avec le bourrage de crâne, ou avec la seule « information », peut aller de pair avec une conception conformiste de l'éducation. La version pieuse d'un tel procès croit devoir proposer une sorte de « maintenance affective » pour compenser les dégâts supposés d'une instruction par trop rationnelle, obstinément assimilée à une inculcation sans âme. La méprise est alors totale : on ne peut dire d'un « bourrage de crâne » qu'il est « rationnel », ni qu'un progrès authentique dans le savoir est sans conséquence pour l'être qui s'en enrichit intimement. La façon dont se constitue l'opposition entre l'affectif et le rationnel peut tenir à certains égards d'une nouvelle forme d'obscurantisme, et désarmer la volonté d'instruire. Ceux qui ne peuvent compter que sur le recours de l'école sont les premières victimes d'une telle conception.

Quant à la continuelle opposition entre une instruction qui n'aurait égard qu'à une froide intelligence et une éducation qui se soucierait de la personne globale, il est plus que temps de la récuser. Jean-Michel Muglioni rappelait le rôle des exigences mêmes du travail intellectuel dans l'acquisition d'une maîtrise de soi qui va bien au-delà d'un simple accroissement de savoir : « J'ai entendu un ancien ministre de l'Éducation dire que la dénomination "éducation nationale" vaut mieux que l'ancienne "instruction publique" parce que l'enseignement ne doit pas couper l'homme de toute exigence morale et spirituelle. Il est vrai, en effet, qu'une instruction qui se contenterait par exemple de rendre habile dans la manipulation des signes de l'algèbre serait déshumanisante. Il est remarquable qu'un politique fasse valoir une semblable exigence. Toutefois, une question de vocabulaire cache parfois une grave confusion, comme ici, sur le sens même de l'instruction : cette confusion règne depuis le changement de dénomination de ce ministère. Il faut donc s'entendre sur le sens du mot d'instruction aujourd'hui oublié. Partons d'un exemple. Le respect des règles élémentaires de la discipline (arriver à l'heure, se tenir à sa table sans parler ni remuer) relève de l'instruction. Comment un enfant pourrait-il apprendre à lire et à compter sans apprendre à se discipliner ? On ne peut rien apprendre si on ne s'habitue pas à faire prévaloir pendant un temps assez long les exigences de la pensée sur les appétits du moment. Voilà pourquoi l'apprentissage de la lecture, la lecture elle-même, l'apprentissage de l'arithmétique et sa pratique, bref l'instruction élémentaire contient en elle-même une discipline qui a une signification à la fois physique, intellectuelle et morale. Première-ment, physique : la maîtrise du corps, savoir rester assis. Je constate que nos élèves ne l'ont pas appris, et les kinésithérapeutes ou autres ostéopa-thes ont une clientèle assurée pour longtemps. Maîtrise aussi des impulsions : s'habituer à ne pas se laisser aller, s'entraîner à suivre une série de pensées imposée qui ne dépende pas de l'humeur. Deuxièmement, cette discipline est aussi intellec-tuelle : suivre un cours, c'est le contraire de la rêve-rie et c'est penser vraiment, c'est-à-dire selon ce que l'on comprend et non au hasard de ses opi-nions ou de ses désirs. En troisième lieu enfin, cette discipline a une signification morale : elle permet à chacun de découvrir sa vocation d'esprit ; je veux dire qu'elle laisse s'exprimer en chacun le désir de comprendre ; et par là l'intérêt qu'il y a à comprendre peut l'emporter sur tout autre intérêt ou exigence. C'est pourquoi suivre un cours d'arithmétique est en soi-même déjà un apprentissage de la maîtrise de soi et l'instruction ainsi comprise une véritable éducation morale. Le seul dessein d'instruire comprend déjà tout ce qu'on appelle généralement éducation [5]. »

Il est temps de dresser le bilan des malentendus qui concernent le rapport entre éducation et instruction. L'assimilation de l'instruction à une simple « transmission » de connaissances — voire d'informations —, comme si le sujet qui s'instruit, au moment où il le fait, pouvait rester passif et recevoir de l'extérieur un « contenu » tout constitué, est au cœur de ces malentendus. Cette assimilation, qui est un contresens, a conduit simultanément à tenir pour négligeable la substance spécifique de chaque discipline, et à valoriser le modèle de la communication abstraitement définie. Au passage, c'est la réalité de l'enseignement qui se trouve méconnue dans son sens irremplaçable d'incitation à une pensée vive, en acte. La « communication » comme production d'un effet sur une « matière » tourne vite au conditionnement, à la captation des consciences. La même remarque peut valoir pour une pédagogie qui risque de tourner au simple dressage dès lors qu'elle entend produire chez les élèves des attitudes standardisées qu'elle appelle « objectifs », opposés aux programmes conçus en termes de savoirs.

La notion d'école publique

Jules Ferry, le 16 juin 1881, fait voter une loi

dont l'article Ier prévoit : « Il ne sera plus perçu de rétribution scolaire dans les écoles primaires publiques. » L'article IV de la loi du 28 mars 1882 précise : « L'instruction primaire est obligatoire pour les enfants des deux sexes âgés de six ans révolus à treize ans révolus. » Ainsi, ce qu'on va appeler la « communale » commence à construire l'identité et la citoyenneté de tous les enfants. Condorcet, père fondateur, avait fait la théorie de cette école publique.

La nécessité de l'instruction est double. Elle est d'abord *politique*, car même si un peuple est souverain il peut tomber à son insu sous la coupe d'un tyran, voire devenir son propre tyran, faute de connaissances pour éclairer son suffrage. « Généreux amis de l'égalité, de la liberté, réunissez-vous pour obtenir de la puissance publique une instruction qui rende la raison populaire, ou craignez de perdre bientôt tout le fruit de vos nobles efforts[6]. » L'inégalité d'instruction est une des principales sources de la tyrannie. Lorsque les hommes sont assujettis, non seulement ils ne peuvent pas choisir leurs maîtres, mais, surtout, ils ne peuvent pas les juger. La nécessité de l'instruction est ensuite *philosophique*, car l'ignorance peut engendrer un état de dépendance ; aliéné par l'opinion commune et par ses propres passions, celui qui est dépourvu de connaissances n'est jamais vraiment auteur de ses pensées ni de ses décisions. Il ne s'agit pas d'arriver à une égalité stricte, où tout le monde doit savoir la même chose, mais de faire en sorte que toute la population maîtrise certaines connaissances fondamentales, afin que personne ne soit dans la dépendance de quelqu'un d'autre.

Ainsi, celui qui sait lire, écrire et compter peut jouir d'une certaine autonomie, car il ne dépend de personne pour les opérations essentielles.

Il n'y a pas de véritable liberté sans l'autonomie de la raison. Kant le dit avec force dans son opuscule *Qu'est-ce que les Lumières ?* L'instruction publique est un devoir d'État. La nécessité d'une école publique et non privée, mise en place et perpétuée par l'État, obéit donc à deux impératifs : assurer l'égalité des chances et promouvoir la construction d'une citoyenneté éclairée. Le danger qu'une école privée défende les intérêts ou l'idéologie d'un groupe déterminé est très réel. D'un point de vue général, l'intérêt est d'« augmenter dans la société les masses de lumières utiles ». Tous les hommes doivent être mis en mesure de développer leurs potentialités, à la fois pour eux-mêmes et dans l'intérêt du groupe. Condorcet encore : « La nation qui a les meilleures écoles est la première nation au monde. Si elle ne l'est pas aujourd'hui, elle le sera demain. » Enfin, l'école ouverte à tous contribue à faire régresser les délits et les incivismes. Si tout le monde est instruit, tout le monde pourra vivre décemment. La grande misère peut être éradiquée, et avec elle la délinquance. C'est pourquoi la société sera ainsi plus vertueuse. Car l'homme instruit aura, selon Condorcet, « des vertus plus pures, des vices moins révoltants et sa corruption sera moins dégoûtante, moins barbare et incurable ». La tolérance régnera, car tous les enfants seront réunis sans distinction de richesse ou de conviction spirituelle.

Le fait de lier l'instruction à la liberté atteste le

choix des lumières. *D'une part,* en se développant, l'humanité découvre sans cesse de nouvelles vérités et de nouvelles techniques. Celles-ci requièrent une maîtrise qui n'est pas seulement celle de leur efficacité, mais aussi celle de leurs effets pour la condition humaine. D'où la finalisation de l'encyclopédie des savoirs par l'accès à la lucidité, à la sagesse. *D'autre part,* il convient de trouver une forme de savoir permettant à celui qui l'acquiert d'échapper à l'asservissement intellectuel. Même s'il n'est pas instruit de tout, du moins pourra-t-il remonter au principe de chaque jugement. Comme tel, le savoir scolaire n'a pas à refléter l'ordre historique des découvertes, ni à partir du dernier état de la science. Il procède bien plutôt d'un ordre fictif qui va de l'élémentaire au complexe. C'est donc sur la base d'un savoir élémentaire qui se suffit à lui-même, ouvert à sa diversification et à son développement, que se construit le concept moderne de discipline scolaire. Apprendre les éléments du savoir, ce n'est pas acquérir ce dont on a besoin immédiatement, ni s'installer d'emblée dans une impossible exhaustivité, mais se mettre en mesure de parcourir le chemin qui permettra d'embrasser l'étendue des connaissances humaines. On va à l'école non pour se débrouiller avec un savoir minimal, mais pour s'ouvrir à soi-même la maîtrise d'une culture aussi ample et approfondie que possible, source d'esprit critique et d'autonomie. Selon l'esprit des Lumières, l'instruction publique installe chaque sujet dans un rapport au savoir qui se nourrit de raison et de liberté. L'école publique est liée organiquement à la puissance publique, à laquelle elle fournit les citoyens qui la feront vivre tout en tirant d'elle la mise en œuvre effective de leurs droits.

Cette conception de l'école fondée par l'État est aux antipodes du libéralisme scolaire, qui conçoit l'accès de la population au savoir par le biais de services dus à l'initiative privée ou à celle des associations. L'instruction contribue à la liberté publique, nécessaire à l'exercice de la souveraineté, et non à la liberté privée. Il appartient donc à la puissance publique d'en garantir l'homogénéité. Faisant partie des « combinaisons pour la liberté » (Condorcet, *Quatrième Mémoire sur l'instruction publique*), l'instruction se comprend comme dispositif propre à une institution organique de la République. Peut-elle dégénérer en embrigadement d'État, et se dévoyer ? Condorcet envisage une telle dérive en ces termes : « En général, tout pouvoir, de quelque nature qu'il soit, en quelques mains qu'il ait été remis, de quelque manière qu'il ait été conféré, est naturellement ennemi des lumières. » Pour éviter toute dérive, trois dispositions sont à prévoir selon Condorcet. Tout d'abord, les maîtres ne sauraient être choisis selon des critères politiques ou idéologiques. Ensuite, il faut prévoir différentes mesures pour mettre les citoyens à l'abri du pouvoir des maîtres qui, même individuellement responsables et contrôlés, seront tentés d'abuser de leur position. Enfin, il faut constamment s'assurer de la qualité de l'enseignement. Condorcet voit notamment dans la présence simultanée de l'enseignement public et de l'enseignement privé une source de saine émulation, de concurrence salutaire. Le principe directeur de l'école publique est l'idée que chaque enfant, avant d'être attaché à un particularisme (le sexe, l'origine sociale ou culturelle, l'option religieuse...), est un sujet rationnel de droit. L'école doit pouvoir écarter tout regard différencialiste sur l'enfant, et le considérer comme porteur d'universalité. Il convient de préserver l'indépendance de l'école par rapport aux religions, aux groupes de pression et à l'idéologie dominante. L'égalité comme la liberté de conscience sont à cette condition. On peut rappeler à cet égard l'aperçu synthétique proposé par Catherine Kintzler : « L'école est faite pour la liberté, pour instruire, non pas pour que nos enfants nous ressemblent, mais pour qu'ils nous dépassent. »

CHAPITRE II

ÉCOLE ET SOCIÉTÉ

> « Une société faite pour l'école. »
> BACHELARD,
> *La formation de l'esprit scientifique.*

Les deux maîtres

On raisonnera ici sur des tendances observables. D'où le recours à des analyses qui s'efforcent de dégager ces tendances, et la logique impersonnelle qui les sous-tend. Il ne s'agit pas d'instruire un quelconque procès, d'imaginer des complots ou des intentions machiavéliques, mais de repérer l'orientation objective des choses, qui s'accomplit parfois indépendamment des volontés humaines, tout en pouvant également être relayée par elles. Les « décideurs » invoquent souvent cette objectivité supposée pour dénier à la volonté politique tout pouvoir propre, voire pour la plier à une réalité déclarée impérieuse. Pourtant, il faut se souvenir que sans une volonté d'aller à contre-courant de ce que la réalité d'une société déterminée tend à imposer, jamais l'école n'aurait existé ; la démocratie et les droits de l'homme non plus.

Une société soucieuse d'asservir l'école à ses besoins immédiats comme à ses pôles de pouvoir est conduite, presque inexorablement, à en méconnaître les fins propres, puis à en nier l'existence spécifique. Cette négation peut, paradoxalement inciter à dire que « tout est école » sous prétexte que tout est occasion de s'informer, et qu'une société surmédiatisée ne cesse de dispenser de l'information. La confusion entre information et connaissance, conjuguée à l'éloge de la spontanéité et à la recherche de la facilité, fait trop facilement paraître l'école archaïque, en disqualifiant ses exigences constitutives. Le paradoxe le plus manifeste, alors, tient dans le transfert de la critique sociale des injustices et de l'exploitation à la critique « pédagogique » de l'école. Les thèmes en sont connus, qui nient la dimension émancipatrice de l'instruction scolaire en suggérant qu'elle ne serait qu'une couverture idéologique pour une véritable domination qui n'avoue pas son nom, et qui transite par le « privilège » du savoir ou par une « culture de classe ».

Dans une telle perspective, on se plaît à jouer sur l'ambivalence du mot « maître », en français, pour suggérer que le maître d'école exercerait une domination. Le latin disposait de deux termes — *dominus* et *magister* —, qui lui permettaient de distinguer sans équivoque possible le détenteur d'un réel pouvoir de domination (le maître par rapport à l'esclave par exemple) et le détenteur d'un savoir, qui a pour charge d'en rendre maîtres ses élèves. Le propre du maître d'école est donc qu'il travaille à se rendre inutile, si l'on peut dire — ce qui advient le jour où ses élèves, ayant conquis l'autonomie de jugement, parviennent à se passer de lui. Tel n'est pas le cas, à l'évidence, de celui qui jouit d'une position de domination et entend la perpétuer. Nombreuses sont les figures du *dominus* dans les sociétés modernes, qui ont su s'inventer de nouvelles tutelles pour la pensée, tout en renouvelant les formes de la domination sociale et économique.

Le capitalisme a été pudiquement rebaptisé « libéralisme ». Ainsi, les connotations positives du libéralisme politique, dont la Troisième République a permis l'avènement, sont attribuées aux mérites supposés d'une organisation tendanciellement débarrassée de tout ce qui tempère le rapport de forces économique. À terme, c'est le libéralisme politique lui-même qui risque de perdre toute signification, si la logique de l'économie de marché se généralise au point de ne laisser aucune place originale aux services publics, régis par des exigences sociales irréductibles, ni à l'exercice d'une citoyenneté souveraine, qui implique l'existence d'alternatives véritables, et non l'imposition d'une seule politique, décrétée inévitable. Que reste-t-il par ailleurs de la citoyenneté, si les conditions matérielles et sociales minimales qui la rendent possible n'existent pas, ou n'existent plus ?

C'est dans un tel contexte que sont promues des formes inédites d'emprise idéologique. On peut évoquer notamment le pouvoir médiatique de faire l'opinion et d'imposer pour l'appréhension des faits une histoire événementielle, spectaculaire, coupée des connaissances qui permettraient de la réinscrire dans la temporalité longue de leur genèse. L'onde de choc de la révolution audiovisuelle a eu son retentissement dans l'institution scolaire, comme le souligne Régis Debray : « La subversion du différé par le direct, le débordement des médiations symboliques par l'immédiateté sonore et visuelle, radio et télé, ne pouvaient que marginaliser l'école républicaine. Celle-ci est liée au culte du livre et d'abord de la lecture. Les Lumières — le siècle et le concept — pivotent sur l'imprimerie, et l'Imprimerie nationale, temple parisien méconnu, fut le vrai sanctuaire de l'espace républicain, le cœur du cœur[1]. » De nouvelles formes d'obscurantisme accompagnent une telle mutation, et rendent sans doute plus cruciale que jamais la fonction d'émancipation intellectuelle remplie par l'école. On y reviendra.

Il y a donc deux types de « maître ». Un maître se méfie de l'autre. Socrate, qui appelait chaque citoyen à devenir maître de ses pensées, en sut quelque chose. La partie, aujourd'hui, peut sembler d'autant plus inégale qu'elle oppose la patience de la pensée studieuse aux séductions de l'audiovisuel, qui relaient de façon systématique l'emprise toute naturelle du règne de l'opinion. À certains égards, la situation devient franchement paradoxale lorsqu'on observe la mise en cause des exigences scolaires et des sanctions dont elles s'assortissent — notes, classements, prix —, alors que dans la société civile le vocabulaire de la jungle règne sans détour. Concurrence, conquête, « raids » et guerre économique, compétitivité y fournissent les critères les plus intraitables de la sélection, tandis que la seule référence au mérite, dans le champ scolaire, fait désormais l'objet d'une critique cinglante ou d'une ironie entendue de la part des esprits forts.

La délégitimation de l'école, naguère, avait procédé d'une analogie entre lycées, prisons, et usines, réputés tout uniment lieux de surveillance et de punition. Il s'agissait de stigmatiser la dérive de l'autorité en autoritarisme et les phénomènes de sclérose qui risquent, si l'on n'y prend garde, de pervertir le sens d'une institution. Une mise en cause faussement libertaire de toute institution s'est alors engagée. On a effectué une comparaison illégitime car délibérément aveugle à la différence des fonctions remplies par les lieux ainsi amalgamés. La contestation formelle de toute exigence, solidaire d'un tel amalgame, aboutit notamment à méconnaître la valeur de ce qui s'accomplit dans le lieu scolaire. Ainsi de la discipline, hâtivement comprise comme modalité de la domination quand on veut y voir l'expression d'un pouvoir discrétionnaire, alors que sa raison d'être principale consiste à rendre possibles l'étude et l'émancipation du jugement qui en est l'enjeu.

Dans ses *Réflexions sur l'éducation*, Kant souligne la solidarité de la discipline et de la culture dans le processus de l'éducation : la première est en quelque sorte la condition de la seconde, puisqu'elle affranchit l'être humain de ses impulsions, et plus généralement de tout ce qui fait obstacle à la maîtrise de soi dont relève la sérénité de l'étude. La dimension positive de l'éducation mise donc sur une liberté première et essentielle de tout être. Celle-ci est appelée simplement à s'exercer selon les règles qu'elle se donne à elle-même dès lors que la discipline en a préservé de façon durable le principe, en le dégageant du brouillard des impulsions spontanées. Selon Kant, « l'espèce humaine doit, peu à peu, par son propre effort, tirer d'elle-même toutes les qualités naturelles de l'humanité. Une génération éduque l'autre[2] ».

Un tel propos situe la portée éducative de l'instruction à son niveau d'exigence le plus radical, celui de l'accomplissement des potentialités inscrites en tout homme. Il en conçoit la modalité en insistant sur l'effort d'autonomie qu'il requiert : la liberté initiale ainsi mise en jeu vise la forme accomplie qu'elle se donnera par une sorte de culture de soi. Le moment de la discipline, d'abord subi quand la personne n'est pas encore en mesure de se régler elle-même, ne fait que délivrer la puissance d'autonomie de ses limitations provisoires. L'instruction, tournée vers l'indépendance du jugement, donne alors à la liberté son principe le plus intérieur, et son fondement le plus fort : la capacité d'être le seul maître de ses pensées et de ses jugements, d'en disposer sans tutelle ni soumission conformiste. La culture se construit sur la base d'une telle émancipation, qu'elle porte à son accomplissement authentique.

Une telle conception tend à soustraire l'éducation et l'instruction à toute logique de « reproduction », que celle-ci concerne la hiérarchie sociale préexistante ou les rapports de domination établis. Elle s'inscrit résolument dans une problématique du progrès, mais de manière critique, et sans épouser les naïvetés ou les illusions d'une vision idéologique. L'anticonformisme de la pensée critique y côtoie la générosité d'une approche qui refuse de réduire les ressources de l'humanité à ce qu'une situation historique donnée permet d'en saisir ou d'en manifester. Kant formulait en ces termes l'horizon d'un tel humanisme : « Voici un principe de l'art de l'éducation que particulièrement les hommes qui font des plans d'éducation devraient avoir sous les yeux : on ne doit pas seulement éduquer des enfants d'après l'état présent de l'espèce humaine, mais d'après son état futur possible et meilleur, c'est-à-dire conformément à l'idée de l'humanité et à sa destination totale[3]. » Dans une telle perspective, qui vaut comme un idéal régulateur, le but de l'éducation n'est pas tant de viser l'adaptation-soumission au monde comme il va que de rendre possible son éventuelle transformation par des citoyens qui auront appris à ne pas s'en laisser conter.

On voit donc combien l'identification abusive du maître d'école (*magister*) au détenteur d'un pouvoir dominateur (*dominus*) méconnaît le rôle originaire et fondateur qui lui est dévolu : non pas dominer, mais instruire le petit homme pour qu'il puisse un jour se passer de maître. L'assimilation simultanée des exigences intellectuelles du travail scolaire à une « violence » relève du même type de malentendu. La violence ne vient pas en l'occurrence de la culture scolaire. Quand elle existe, elle est bien plutôt le fait d'un décalage entre les conditions sociales où se trouvent nombre d'élèves et la possibilité d'assumer de telles exigences. Si l'on admet la légitimité de ces exigences, la solution ne peut résider dans la seule transformation de l'école. La configuration de la société elle-même se trouve mise en jeu. Ne pas le reconnaître, c'est décourager par avance tous les efforts d'adaptation pédagogique, vite confrontés à leurs limites. C'est ce point, entre autres, que soulève la question de l'adaptation.

La méprise de l'adaptation

Il y a une grande différence entre le fait d'être d'emblée adapté à une tâche, voire à un rôle, et celui de détenir la capacité de s'adapter, en restant maître du processus d'adaptation. On adapte la forme d'un objet, mais le sujet humain qui ne ferait que subir le conditionnement qui l'adapte à une situation donnée ne serait pas libre. C'est pourquoi on retrouve au niveau de l'impératif d'adaptation un malentendu similaire à celui de la notion de maître en éducation. Jacques Muglioni rappelle que la République a besoin de « citoyens incommodes », et non d'êtres dociles qui confondent obéissance et soumission[4]. L'adaptation-soumission, comme l'éducation conformiste, ne se soucie guère de la liberté future, c'est-à-dire de la capacité de jugement autonome, source des conduites et des choix. En érigeant l'état donné d'une société en norme, elle se condamne elle-même à contredire l'exigence de réalisme qu'elle invoque sans cesse, car en raison du devenir historique cette norme sera obsolète au moment où l'enfant sera devenu adulte, où l'élève sortira de l'école. On mesure ici toute l'ambiguïté du statut des « états des lieux » que dressent certains sociologues de l'école, et des appels répétés à la réforme qu'ils croient devoir en tirer en érigeant l'impératif d'adaptation en norme incontestable. « Vous vous fiez à l'ordre actuel de la société sans songer que cet ordre est sujet à des révolutions inévitables, et qu'il vous est impossible de prévoir ni de prévenir celle qui peut regarder vos enfants [5]. » La question des références et des exigences de l'école appelle donc une compréhension claire de ses implications et de ses enjeux. Elle conduit à relativiser l'injonction à l'adaptation, ou à en souligner toutes les ambiguïtés.

La remarque de Rousseau concernant les normes de l'éducation peut être transposée pour les programmes d'enseignement. Elle permet d'apercevoir alors les risques qu'il y a à vouloir toujours se régler sur le dernier état du savoir pour l'appliquer sans ambages au contenu des savoirs enseignés. On indexe ainsi l'instruction sur un *état* du savoir, au lieu de procéder à une identification de ses éléments fondamentaux, et par là même durables. Cela n'interdit nullement de s'interroger périodiquement sur la nature de ces éléments et la nécessité éventuelle de les redéfinir, mais à la condition de veiller au maintien d'un savoir de référence susceptible, par son caractère essentiel, de présider, justement, à ses propres progressions et à ses enrichissements. C'est parce que l'enseignement a égard au savoir élémentaire — et de ce fait fondamental — et qu'il doit donc se dispenser de façon progressive, graduellement enrichie, qu'il fournit aux élèves une instruction solide. Les complexifications nécessaires et les éventuelles réappropriations futures seront rendues possibles en toute autonomie dès lors qu'en seront maîtrisés les fondements essentiels.

Cette idée de savoir fondamental et de culture générale est au cœur de l'institution d'instruction publique. La conception des enseignements ne peut d'abord se soucier du dernier cri, et des compétences toutes fraîches adaptées aux techniques de l'heure : c'est qu'elle privilégie systématiquement l'autonomie fondée sur la culture générale, sachant de longue date qu'elle seule peut donner à ceux qui la détiennent la possibilité de produire eux-mêmes les adaptations requises. Qu'un agrégé de lettres puisse succéder à un polytechnicien à la tête d'une grande entreprise en dit long. L'injonction à l'adaptation-soumission et à la spécialisation-enfermement semble d'ailleurs réservée aux degrés inférieurs de la hiérarchie sociale. Ce qui vaut pour les élites ne vaudrait-il pas pour les futurs employés et travailleurs qualifiés, assignés quant à eux, sous prétexte de « formations qualifiantes », à des compétences univoques ? De telles formations sont d'autant plus destinées à être un jour dépassées qu'elles ne s'articulent pas à un savoir fondamental suffisamment général pour rendre possibles les variations requises par l'exigence d'adaptation.

On se souvient que le projet encyclopédique de Diderot a effectué la récapitulation des savoirs et des savoir-faire, des connaissances théoriques et des techniques concrètes, avec un soin particulier pour les métiers des artisans, trop longtemps méprisés ou voués à une considération moindre. Lorsque vint l'heure de passer à un enseignement de masse des sciences et des techniques, on se rendit compte que celui-ci ne pouvait être efficace que si les élèves auxquels il était destiné maîtrisaient l'expression écrite, et disposaient des connaissances élémentaires d'ordre général.

L'enseignement dit professionnel n'a donc pu se développer comme tel que sur la base d'une culture générale authentique. Il serait paradoxal, et contre-productif, d'oublier cette dépendance au nom d'une formation professionnelle dont on opposerait artificiellement les exigences à celles de la formation générale. L'invitation ressassée à l'adaptation peut devenir, si l'on n'y prend garde, une injonction à la soumission et à la spécialisation-enfermement. Et, par un mécanisme qui ne doit rien au hasard, elle semble trop souvent réservée aux degrés inférieurs de la hiérarchie sociale.

En prise sur la culture universelle, mais selon une conception réaliste de son appropriation raisonnée, l'école peut d'autant mieux ouvrir l'horizon des élèves qu'elle s'interdit de les enfermer dans les données immédiates sous prétexte de les « adapter » — ou de s'adapter à eux. Il en va non seulement de leur liberté d'homme et de citoyen, mais aussi de leur avenir professionnel lui-même, comme de la possibilité de ne pas le subir servilement, et d'éviter d'être la victime des évolutions.

On voit l'importance du malentendu qui concerne le sempiternel appel à l'« adaptation ». L'enseignement n'a pas à s'inscrire dans des « motivations » qui lui préexisteraient, mais à produire un intérêt qui lui soit propre. S'il ne s'efforce pas de le faire, il intériorise des inégalités liées aux différenciations sociales, qui modèlent effectivement la « demande » adressée à l'école. La logique de l'école n'est pas celle d'une « réponse » à la seule demande sociale, mais celle d'une offre de culture qui doit déborder généreusement cette demande pour ne pas risquer d'en consacrer les limites, telles que l'inégalité des conditions d'existence les détermine. Renoncer à la culture classique à Saint-Denis, et ne prévoir des « unités de valeur » de tags que dans l'université de la même ville, c'est pratiquer un apartheid culturel et social.

En liaison avec l'injonction à l'adaptation, le souci invoqué de réalisme conduit trop souvent à ériger le monde actuel en référence indépassable. Rousseau et Kant rappellent, on l'a vu, que la référence de l'éducation ne doit jamais être le monde comme il va, si corrompu soit-il, mais l'idée d'un monde meilleur, tel qu'il peut advenir si d'authentiques principes sont pris comme fondements. Ces principes se rapportent aux fins de l'éducation et de l'instruction : former des hommes libres et accomplis. Le paradoxe des tendances « réalistes » du pédagogisme moderne tient d'ailleurs à ce qu'il tend plutôt à former des conformistes qu'à cultiver la pensée critique. La formation des futurs « cadres » de l'Éducation nationale semble obéir à la même injonction, non sans susciter une légitime révolte chez tous ceux qui croient encore à la nécessaire dimension émancipatrice et critique de l'école républicaine.

Dans les formations dispensées aux futurs professeurs, l'insistance sur la « professionnalisation » s'assortit d'une mutation très significative de vocabulaire. Invité à définir un « projet propre », lié à son environnement économique et social proche, l'établissement scolaire doit se caractériser désormais par son « offre de formation ». Sa dotation en moyens est assortie d'une incitation à sa gestion qui emprunte largement ses

références au modèle de l'entreprise, tandis que le
« chef d'établissement » paraît moins habilité à
représenter la république enseignante qu'à fournir des « prestations » répondant à une demande
déterminée localement. Entendons-nous. Il ne
s'agit évidemment pas de disqualifier le souci
d'utiliser au mieux, et avec rigueur, des moyens
qui après tout proviennent de l'ensemble des
contribuables. De cette exigence légitime, toutefois, on ne saurait tirer l'idée que la gestion d'un
établissement scolaire s'apparente dans ses modalités comme dans ses finalités à celle d'une entreprise. Ce serait oublier la fonction sociale de l'instruction et du type d'éducation qu'elle promeut,
comme son enjeu citoyen. Ce serait surtout
méconnaître que l'école est un vecteur essentiel
d'égalité, et ne peut le rester qu'à la condition de
promouvoir une « offre » d'instruction largement
affranchie des limitations sociales locales.

On remarquera d'autre part que les mutations
de la production elles-mêmes nécessitent une véritable autonomie de jugement et d'initiative des
producteurs, si du moins les exigences fonctionnelles de l'économie sont affranchies de celles de
l'exploitation, qui s'accommode mieux de producteurs rivés à des compétences sélectives. Ce
constat devrait conduire à invalider l'exploitation
d'une main-d'œuvre sous-qualifiée ou assujettie
aux limites d'une qualification acquise sans la formation générale qui peut tout à la fois la fonder
solidement et permettre son adaptation dynamique.

L'horizon de la Cité

La source de l'école publique est aussi son horizon. Il s'agit de la Cité, c'est-à-dire de la communauté politique consciente de ses exigences fondatrices. Le terme est alors synonyme de République et recouvre tout autre chose que la société civile. Montesquieu faisait remarquer que la République a besoin de « toute la puissance de l'éducation ». C'est qu'elle n'existe ni par la crainte — qui caractérise, dans les régimes despotiques, l'état d'esprit d'hommes sur le qui-vive car à la merci de l'arbitraire du prince — ni par l'honneur — qui procède dans les monarchies de l'inégalité reconnue du rang et de la puissance. Elle requiert la vertu, c'est-à-dire la disposition constante de ses citoyens à la faire vivre en respectant concrètement ses principes. Une telle vertu relève de l'éducation. Il s'agit en quelque sorte de donner une âme à la liberté, en la fondant sur le type d'intelligence que développe une culture authentique.

L'égalité est essentielle à la République, tout comme l'indépendance reconnue de ses citoyens, et garantie par les lois. Un type de constitution qui procède de la souveraineté populaire, et pose comme principes fondamentaux la liberté et l'égalité, ne peut tenir sa vitalité que de citoyens conscients de ce qui fonde leur propre indépendance, et décidés à assurer la force des lois par lesquelles ils ont décidé de régler leur vie commune. Ce qui est proprement défendre la République. Le ressort en jeu est bien la vertu, entendue comme amour des lois et de l'égalité qu'elles assurent. Civisme actif, la vertu ainsi comprise enveloppe le respect du bien public et la fraternité cultivée comme valorisation heureuse de l'égalité, c'est-à-dire de l'identité des droits et des moyens qui les rendent crédibles. D'essence politique, la vertu civique ne se décrète ni ne s'impose, mais procède d'une éducation à la liberté, sans catéchisme ni édification moralisante. L'expérience vive de la liberté et de l'égalité n'est pas compatible avec la modalité d'un conditionnement idéologique là où l'autonomie de jugement doit être le seul principe, y compris dans le cheminement qui la cultive et la fortifie graduellement.

La dimension civique de l'école tient à son essence même, tout entière finalisée par la construction de la capacité de jugement autonome et de la culture qui en éclairera l'exercice ; elle se proportionne donc à l'efficacité avec laquelle elle instruit et cultive. L'illusion serait de croire qu'un cours spécifique d'éducation à la citoyenneté pourrait compenser les carences d'une école par ailleurs appauvrie dans ses ambitions culturelles et dessaisie de son rôle d'émancipation intellectuelle ; ce qui adviendrait si une réforme lui imposait, au mépris de sa vocation fondatrice, la soumission au monde social. L'instruction civique, comme évocation méthodique des institutions démocratiques et républicaines, a sa place dans un enseignement exigeant, mais c'est assurément l'ensemble de cet enseignement, par sa hauteur même, qui peut le mieux faire éprouver et valoriser le sens de ces institutions, sans qu'il soit besoin pour cela d'une exhortation aux effets incertains.

Il y a lieu dans une telle perspective d'insister sur la différence de sens et de registre entre le civisme et la civilité. Cette dernière est plus près des exigences éthiques qui conditionnent le savoir-vivre que de la disposition politique à respecter le bien commun et les lois. Le civisme n'implique aucunement un art d'atténuer les tensions susci-tées par l'injustice sociale : il se tient dans le seul registre de l'obéissance aux lois que l'on s'est pres-crites par l'exercice de la souveraineté démocrati-que. Un déficit démocratique ou social ne peut pas être comblé par une convivialité décrétée ou un catéchisme des bonnes manières, ni par une condamnation abstraite et moralisante de la vio-lence. Lorsque les causes premières de celle-ci sont passées sous silence et laissées en l'état, une telle condamnation induit une erreur de diagnos-tic. Elle rejoint les mystifications du conformisme en prétendant stigmatiser des effets sans remonter à leurs causes.

Si l'école peut à sa manière participer de la structuration éthique de la personne aussi bien que de son indépendance intellectuelle, c'est jus-tement en refusant de dissocier les deux choses. L'autonomie rigoureuse des futurs citoyens est à ce prix. Les valeurs et les raisons ne doivent pas être confondues dans une instruction qui ne se soucie que d'affranchir, non de conformer. On ne peut instruire que des raisons et, ce faisant, on permet à chacun de découvrir lui-même ce qui vaut : pari rationaliste, entre autres, de Condorcet, qui ne voulait pas de catéchisme — fût-il républi-cain —, car il tenait pour suffisante la construc-tion d'une culture pluridisciplinaire rationnelle, c'est-à-dire accomplie jusqu'à l'explicitation philosophique du sens de tout savoir et de toute pratique.

C'est dans une telle perspective que la culture critique prend toute sa portée. Et ce, à rebours des illusions les plus communes. L'invocation sempiternelle, entre autres, d'une tolérance confondue avec le relativisme conduit à l'amalgame du consensus d'opinions et de l'accord sur le vrai. La volonté de dialogue (dans laquelle Socrate voyait une disposition amicale à la réflexion commune) est dévoyée alors en molle convivialité des points de vue, et le souci du vrai entièrement abandonné. Il est douteux qu'ainsi l'élève puisse apprendre à penser le monde, c'est-à-dire à dépasser la façon dont il en est affecté, ou à s'affranchir de l'image qui lui en est présentée par l'idéologie du jour. En liaison avec la confusion précédente, les exigences d'une pensée critique authentique tendent à se réduire à une pratique aveugle du soupçon. Sous prétexte qu'il a pu exister des contrefaçons d'universel (comme par exemple dans l'hypostase colonialiste d'une civilisation particulière), on croit pouvoir invalider désormais toute référence à l'universel. C'est d'ailleurs oublier que l'universalisme, dans sa version critique, peut parfaitement s'accorder avec la démystification de ce qui, dans l'idéologie, se donne pour universel. Marx, critiquant ce qu'il pensait être une version trop individualiste des droits de l'homme, entendait se référer à un universalisme plus large, affranchi en l'occurrence de ses limites idéologiques. Césaire, dans son *Discours sur le colonialisme*, entendait quant à lui stigmatiser une prétention à l'universel au nom des exigences mêmes d'un universalisme authentique. Certes, il ne faut pas se méprendre sur le statut de cet universel, en prétendant qu'il pourrait exister quelque part, en un endroit privilégié qui se serait affranchi à jamais de la prégnance des particularismes, et qui se voudrait la norme incontestable. L'universel est une notion limite, un idéal dont la visée permet de se délivrer des bornes, voire des contraintes liées à la domination d'un particularisme exclusif. Tendre vers l'universel, c'est faire un effort d'universalisation de ses références, en les affranchissant de ce qui d'abord les conditionne : un temps, un lieu, une situation, une tradition.

Source de l'école, la Cité en est aussi l'horizon. C'est précisément parce qu'elle n'est pas sous l'emprise du monde ambiant immédiat, ni du tumulte des puissances de l'heure, que l'école peut s'ouvrir sur les lointains de la culture universelle. Il s'agit bien de savoir quelle « ouverture » on veut choisir. L'idée d'un monde commun à tous les hommes, par-delà leurs différences ou, mieux, en deçà d'elles, est ce qui permet d'apercevoir un enseignement soucieux de raison et de vérité, capable en cela de transcender les particularités d'un environnement ou d'une « vision du monde » idéologiquement déterminée. Il faut alors savoir distinguer la culture comme distance critique à l'égard des préjugés de l'heure et du lieu de la culture comme simple reprise des coutumes et des représentations particulières du monde ambiant et proche : la pensée, selon Platon, a des ailes autant que des racines.

Entre l'individu isolé, qui tend à s'assujettir à une position sociale s'il n'en affranchit pas sa pensée, et l'humanité qui est, en dernière instance, sa vraie patrie, l'école joue un rôle médiateur. La nation, entendue comme communauté de droit, n'est pas tant le territoire familier où l'on reste entre soi que la figure accessible d'une république qui permette à tous les hommes de vivre ensemble. De ce fait, il n'y a pas, à proprement parler, d'*étranger* dans l'école républicaine. C'est pourquoi le quartier proche doit être tenu à plus grande distance que les contrées et les époques les plus lointaines du monde, devenues familières par le décentrement méthodiquement cultivé de l'instruction. L'enracinement social et géographique de l'école, c'est tendanciellement sa fermeture culturelle, et son aliénation politique aux groupes de pression de la société civile. La reconnaissance de son autonomie de principe et les mesures qui la rendent possible sont à l'évidence essentielles à la fonction émancipatrice de l'école, alors que les mimétismes fébriles à l'égard des modes et des puissances de la société civile tendent à la compromettre.

Quant à la vie de la pensée, elle ne peut relever d'une technique de communication, pas plus qu'elle ne se réduit à des « comportements ». La confusion du mental et de l'intellectuel, si elle devait s'avérer, invaliderait du même coup toute idée de science objective et de connaissance rationnelle. Le pédagogisme tend trop fréquemment à confondre la substance intellectuelle de l'instruction et ses conditions psychologiques d'acquisition. Il construit tout aussi souvent une opposition artificielle entre le savoir propre à une discipline et l'exigence pédagogique définie de façon extérieure à ce savoir. C'est oublier que le

« contenu » d'un enseignement n'est pas un simple objet inerte que l'on pourrait « transmettre », mais qu'il peut valoir d'emblée comme « moyen pédagogique » dès lors qu'on en saisit l'intérêt propre, intrinsèque : on parlera en ce cas de la substance d'une discipline enseignée pour souligner, outre sa valeur nourricière, le fait qu'elle est en elle-même source vive de motivation et d'intérêt. À trop vouloir réduire l'élève à l'« apprenant », on psychologise à l'excès le rapport pédagogique tout en réifiant les savoirs. On met en scène un être réduit à ses appétits et à ses affects, placé en face de savoirs assimilés à des denrées plus ou moins digestes. Ce qui est alors méconnu, c'est simultanément la dimension d'un intellect source de joies originales, propre à nourrir la conscience entière, et la fécondité de connaissances qui mettent toujours en jeu l'activité singulière de la personne. Par son propre effort de dépassement de soi, celle-ci se révèle à elle-même des ressources insoupçonnées.

Sur cette adéquation de l'école publique ainsi conçue à la portée universelle de l'idée républicaine, on rappellera ici la mise au point de Jacques Muglioni dans *L'école ou le loisir de penser* : « La nation est ce choix volontaire par lequel l'individu relativise sa particularité pour se hausser à un premier degré d'universalité. La nation n'est pas réductible à la somme provisoire et incertaine de terroirs repliés sur eux-mêmes. Bien plus, le citoyen d'une république doit apprendre à l'école que la nation n'est pas le terme. S'il ne voit dans l'étranger que l'ennemi ou l'intrus, il ne sait pas encore que la république n'est pas un régime particulier convenant à un peuple particulier et à lui seul. L'idée républicaine n'est pas un principe de différence : elle a fait le tour du monde. Il existe pour tout homme de raison et de cœur une république intérieure, une république universelle qui nous garde d'enfermer la devise républicaine dans des frontières. Le maître d'école ne se réfère pas à sa province, à son terroir, mais au genre humain[6]. »

La fausse question du centre

Il y a eu longtemps un mot d'ordre magique, autour duquel se sont cristallisées les orientations majeures d'une réforme à marche forcée de l'école, et qui croit devoir revendiquer contre sa tradition républicaine une exigence qu'elle serait censée avoir méconnue : « mettre l'élève au centre du système éducatif ». Il faut d'abord mesurer ce qu'un tel slogan peut avoir d'insultant pour les instituteurs et professeurs qui ont fait de l'école républicaine, dans les limites qu'assignaient à leur action les rapports sociaux de l'époque, un instrument décisif de promotion sociale et d'émancipation intellectuelle.

On doit rappeler ici que les premiers instituteurs de la République avaient pour mission d'instruire des enfants sans bagage culturel ou linguistique, véritables « immigrés de l'intérieur », et se heurtaient souvent à l'hostilité des parents, plus enclins à impliquer leur progéniture dans les travaux des champs qu'à lui permettre de s'instruire. Les « hussards noirs de la République » ont-ils pour autant décidé d'en rabattre sur les exigences culturelles de leur enseignement ? C'est leur faire injure que de prétendre qu'il faut désormais « centrer l'enseignement sur l'élève » — ce qui laisse entendre qu'eux-mêmes ne le faisaient pas. De fait, l'opposition entre la belle exigence d'une culture une et riche, offerte à tous, et la « centration sur l'élève » leur eût paru sotte et non avenue. N'est-ce pas se centrer sur l'élève qu'être assez exigeant avec lui pour lui permettre de devenir tout ce qu'il peut être ?

La générosité pédagogique ne doit pas se satisfaire des élèves « tels qu'ils sont », mais les considérer comme porteurs des plus riches potentialités, et travailler à les affranchir des limites que les conditions sociales infligent à leur accomplissement. Que signifie, d'ailleurs, cette évocation d'une essence définitive s'agissant d'un être en devenir ? Alain mettait les choses au point en ces termes : « [...] j'ai encore autre chose à dire, non comme sociologue, mais comme instituteur, car j'ai appris le métier. Vous dites qu'il faut connaître l'enfant pour l'instruire ; mais ce n'est point vrai ; je dirais plutôt qu'il faut l'instruire pour le connaître ; car sa vraie nature c'est sa nature développée par l'étude des langues, des auteurs et des sciences. C'est en le formant à chanter que je saurai s'il est musicien[7]. »

La dimension polémique du mot d'ordre de la centration sur l'élève revient à laisser accroire que les enseignants sont obnubilés par leur intérêt personnel, ou par la passion pour leur discipline. Comme si l'on pouvait opposer ce qui est bon pour les enseignants et ce qui l'est pour les élèves. Comme si l'enthousiasme pour un domaine du savoir ou de la pensée, source de travail et d'exigence, pouvait nuire aux élèves, qui en sont au contraire les premiers bénéficiaires. Calomnie publique, indigne à l'évidence des responsables politiques, qui ne devraient pas oublier que le respect de l'école et de ceux qui exercent la difficile fonction d'enseigner est la première condition de la réussite. Révoltés par tant de mépris, de nombreux professeurs se sont reconnus récemment dans un « Manifeste pour un lycée démocratique » (Paris, janvier 1999). Ils y ont notamment pris position de la façon suivante : « L'idéologie n'y peut rien : le centre du système éducatif n'est ni l'élève, ni le professeur, ni le rapport professeur/ élève, mais l'appropriation de la culture par l'élève avec l'aide du professeur. Et aucun réalisme économique, social ou budgétaire ne pourra étouffer chez l'élève le plaisir et la fierté de comprendre, chez le professeur le plaisir et la fierté de faire comprendre. »

Autre malentendu qui accompagne souvent les méprises évoquées : le souci de se mettre à la portée des élèves, légitime, est trop souvent confondu avec l'idée qu'il faut se mettre à leur « niveau ». Et l'ambiguïté du mot d'ordre « prendre les élèves comme ils sont » n'est pas sans rappeler une sorte de naturalisme innéiste pourtant dénoncé jadis. Il faut se faire comprendre des élèves, bien sûr, mais toujours les saisir *tels qu'ils peuvent être*, et non les figer dans un présent qui n'a de consistance que provisoire. L'élève est irréductible à un « apprenant » qui ne ferait qu'intérioriser un savoir tout fait : il se définit comme un être qui *s'élève* par l'effort personnel d'une démarche intel-

lectuelle dont il s'enrichit, et que nul ne peut faire
à sa place. D'où la vanité déjà évoquée du modèle
de l'apprentissage technique, opératoire en son
domaine mais inadéquat ici. L'erreur elle-même
peut être instructive lorsqu'il s'agit pour l'esprit de
prendre possession de sa puissance propre par un
retour réflexif sur la façon dont il opère.

L'école et la vie

« Éécole coupée de la vie » ? Formule ambiguë,
et inexacte. Car la pensée qui s'éveille à elle-même,
depuis les premiers pas dans la lecture et l'écriture, n'est-elle pas vie, vie essentielle autant que le
manger, le boire, et le produire ? Lire, écrire — et
s'ouvrir à tout jamais l'univers des signes. Enseigner, c'est montrer les signes, en faire reconnaître
le sens. Ainsi la pensée se révèle à elle-même en
chacun, par une compréhension qui remonte à la
vie de la conscience, et à son expression créatrice.
Les mots disent l'aventure humaine, et les œuvres
ouvrent l'horizon du sens, dans le grand partage
de la culture.

Et au-delà s'annoncent les promenades sans
limites dans la fiction et la raison, dans la patience
de la pensée. Cette vie-là est-elle d'un « autre
monde » ? On pourrait le croire, à mesurer la distance qui la sépare des réalités immédiates. Mais
ce serait oublier le sens vrai de la culture, pensée
vive et dépassement. La sagesse des hommes,
lorsqu'elle crée ou institue, sait accorder à chaque
sphère de la vie la reconnaissance qu'elle mérite.
Elle ne confond pas la vie de l'école avec la vie

économique, et construit plutôt leur indépendance réciproque — cela dans l'intérêt bien compris des deux. Sauf à vouloir des producteurs esclaves ou des « citoyens » serviles (ce qui est une contradiction dans les termes), l'école, en son unité, est voulue d'abord pour former des hommes libres. Cette fin unique de l'école est poursuivie pour elle-même tant que la politique s'ordonne au souci de liberté — ce qui signifie qu'elle ose, par volonté affirmée, donner à chacun les moyens de résister aux sortilèges des politiciens. Quel régime peut donc lier son sort à ce pari sur la liberté assorti d'un pari sur l'intelligence et la culture ? La République, forme organisée de la souveraineté populaire, où la citoyenneté éclairée peut déjouer les puissances d'illusion que démagogie et tyrannie savent susciter.

La fin ultime ainsi visée englobe et rend possibles toutes les autres, même celle du progrès économique bien compris. Les sociétés humaines peuvent avoir des écoles, où l'on se forme à des métiers, où l'on apprend des savoirs et des savoir-faire. Elles semblent même s'en doter spontanément, car il faut bien survivre. Mais la volonté politique de fonder l'école publique, en son unité, et de l'ouvrir à tous, sans distinction d'origine ni de projet professionnel, relève de la plus haute idée que l'homme puisse se faire de son accomplissement. Une telle école ne se soucie pas seulement de ce que l'homme fera dans son « travail » : elle veut rendre possible la richesse de son épanouissement, et faire éprouver la diversité de ses registres. Un homme qui s'ennuie, captif des données particulières de son existence, prisonnier d'une vision du monde induite par la seule division du travail, est déjà un citoyen en déshérence — proie facile pour les fanatismes d'exclusion ou les haines de compensation, ou tout simplement l'idéologie douce des préjugés ordinaires.

Renoncer à la culture générale, c'est préparer la voie aux enfermements et livrer davantage encore les hommes à l'émiettement du champ social. Devra-t-on s'étonner ensuite de devoir déplorer l'« effondrement des valeurs » et le triomphe d'un individualisme arrogant ? Former un homme libre, ce n'est pas le « bâtir » selon un modèle préexistant, mais le mettre en mesure d'épanouir ses potentialités dans leur plénitude — et de le faire de façon toujours singulière.

L'humanité promise ici possède toute la force libératrice d'une exigence. Savoir ce qui est dû à tout homme, c'est fonder en raison la réciprocité des droits et des devoirs, en même temps que retenir la référence critique la plus poussée. Car enfin, au nom de quoi exercer la citoyenneté éclairée et le jugement critique qu'elle appelle, sinon par référence à une humanité aussi accomplie que possible ? — et comment avoir idée d'une telle perspective, si ce n'est en goûtant effectivement ses premières esquisses dans une école qui rompt délibérément avec les limites du quotidien ?

Il y a une misère moderne. Injure à la dignité existentielle qui conditionne tout épanouissement intellectuel, affectif, ou esthétique, elle déploie aujourd'hui ses figures inédites. Crispations rageuses, violences multiformes, agressions soudaines répondant à l'agression lancinante des publicités ravageuses, solitudes démultipliées dans le tinta-

marre audiovisuel, dérives des chômeurs et car-
rières exultantes des gagneurs. L'abondance se
met en scène par une captation méthodique de
tous les sens. La pauvreté vécue, le sentiment de
bannissement s'accroissent alors de la conscience
d'être exclu, exclu à tout jamais du jeu social. À la
vanité de mimétismes dérisoires se substitue la
fureur triste.

Disproportion des fortunes, relayée par la complaisance de la vidéosphère. L'architecture des vil-
les, des routes, des lycées, révèle à qui veut bien
l'observer une sorte d'apartheid social. Les lycées
et collèges ont généralement les stigmates de leur
environnement. Telle est cette « société civile » à
laquelle devrait s'ouvrir l'école, délaissant ses exigences jugées trop « académiques » pour se mettre
au diapason du grand marché. Thèse étonnante
de sociologues et de pédagogues auxquels semble
échapper parfois la dimension contradictoire de
leur mot d'ordre d'« ouverture de l'école sur la
vie ». D'un côté, la société du moment est carac-
térisée, à juste titre, comme inégalitaire et injuste ;
de l'autre, injonction est faite à l'école de se plier
à cette société, de « répondre à la demande
sociale », dont on semble oublier qu'elle est totalement réglée par les inégalités signalées.

Entre une société ivre de profit et d'emprise sur
les hommes — réduits le plus souvent à l'état de
consommateurs —, et aussi manifestement indif-
férente à l'égalité, et une école poursuivant ses fins
propres (liberté et culture données à tous, pour
rien) il est clair qu'il ne peut y avoir de relation de
dépendance ou de domination. Le vocabulaire du
marché ou du spectacle n'a pas de place dans

l'école. Pourtant, il s'y introduit chaque jour un peu plus. Toute une terminologie le confirme, que l'on retrouve aussi bien dans les textes officiels que dans le discours ambiant sur l'école. Les élèves constitueraient de « nouveaux publics », des « usagers », voire des « consommateurs de savoir » ; ils auraient une « demande » à laquelle il faudrait répondre par une « offre de formation » ; les lycées devraient être « managés » comme des « entreprises d'éducation », susceptibles d'avoir des « partenaires », etc.

On sait où peut conduire un tel vocabulaire lorsqu'il induit effectivement une politique : n'a-t-on pas entendu dire qu'il n'était plus nécessaire d'« offrir » du latin ou du grec à des « publics » qui n'en demandent plus — ou pas —, ou que leur milieu socioculturel porte vers d'autres préoccupations ? Sur ce dernier point, on mesure l'ampleur d'une démission ainsi programmée de l'école devant des inégalités sociales qui ne sont plus combattues, mais dont les effets ne sont que trop mis en évidence par les exigences d'une école aux ambitions culturelles et réflexives maintenues. Faut-il réviser ces exigences, au risque de retirer à l'école sa fonction émancipatrice ? Il peut paraître illusoire de croire qu'une révolution pédagogique puisse tenir lieu de révolution ou de réforme sociale. Mais surtout le reflux des exigences de l'école nuirait d'abord à ceux qui ne peuvent compter que sur elle pour s'accomplir, et faire appel de leur situation d'origine.

Le procès de l'école. Histoire d'un transfert

Le procès lancinant de l'école républicaine ne date pas d'hier. Il relève souvent d'une illusion pédagogiste, qui consiste à croire que les difficultés qui se manifestent dans l'école relèvent de la seule réforme pédagogique, ce qui revient à mettre hors de cause les injustices sociales. Jaurès et Blum pensaient pour leur part que ce n'est pas à l'école de restreindre ses ambitions culturelles pour s'adapter aux inégalités de la société, mais à celle-ci de se hisser, par la réforme sociale, au niveau de ces ambitions. L'illusion la plus néfaste serait de transférer les thèmes d'une légitime critique sociale à la critique de l'école et ainsi, par un étrange aveuglement, de fragiliser celle-ci. Tendance dangereuse, car la délégitimation des maîtres ne peut que les décourager encore un peu plus dans leur volonté d'assumer la tension évoquée entre les ambitions culturelles de l'école et l'état de la société civile.

De fait, on peut remarquer un développement simultané du conformisme sociopolitique et du réformisme scolaire. L'illusion pédagogiste, sur le fond de cette dérive, conduit à faire intérioriser par les tenants de l'institution scolaire eux-mêmes — ou à tenter de le faire — la critique de l'école : à la critique « externe » s'ajoute alors une critique interne, qui peut, à la longue, désarmer la volonté d'instruire.

Changer l'école ou changer la société ? L'alternative n'est évidemment pas si simple, et toute vision unilatérale est inadéquate. Cependant, la question se justifie pleinement chaque fois qu'il s'agit de comprendre la source d'un problème et d'éviter une erreur de diagnostic qui entraînerait le contraire de la réalisation des nobles buts visés. La solution raisonnable pourrait consister à distinguer au préalable ce qui relève bien de la réforme pédagogique — ou de la qualification des enseignants — de ce qui met en jeu des problèmes sociaux et politiques. Et ce, en évitant les approches unilatérales qui opposeraient la seule réforme sociale à la seule réforme pédagogique — ou inversement. L'alternative, déliée des caricatures habituelles, n'oppose pas en l'occurrence les « conservateurs » et les partisans du changement, abstraitement définis, mais deux figures un peu plus complexes. D'un côté, si l'on peut dire, ceux qui soulignent des dysfonctionnements de l'institution pour y voir la cause majeure des problèmes, sans s'interroger sur les phénomènes qui peuvent en être la cause. De l'autre côté, ceux qui se souviennent que l'école est une conquête, et qui n'entendent pas compromettre sa portée décisive sur le plan d'une authentique promotion sociale et culturelle, comme de l'émancipation intellectuelle. Il ne s'agit pas pour eux de bannir toute réforme et toute évolution, mais de définir d'abord le registre des réformes souhaitables : la réforme pédagogique ne peut tenir lieu de réforme sociale. L'impuissance ou le renoncement à entreprendre la seconde ne doit pas se compenser par une impatience rageuse à effectuer la première, avec parfois une hargne aveugle contre tout ce qui incarne l'exigence d'une culture critique et la résistance à l'air du temps. Ceux qui font de la société du moment la norme obligée de l'école, et s'opposent aux défenseurs de l'école dont ils croient devoir stigmatiser le conservatisme, sont donc des conservateurs au sens traditionnel du terme, même s'ils évitent d'en prendre conscience par une rhétorique du changement mystifiante et lassante.

Parler de « pédagogisme », ce n'est pas disqualifier la pédagogie comme telle, c'est-à-dire comme art d'enseigner strictement lié à la chose enseignée, mais pointer l'inflation d'un discours abstrait au mauvais sens du terme, puisqu'il prétend théoriser les techniques de l'acte d'enseignement indépendamment de ses domaines spécifiques, et en vient à se méprendre sur le statut d'une telle démarche au point de vouloir tout régenter à partir d'elle. Les instituteurs et les professeurs n'ont pas attendu ce genre d'injonctions théoriques pour réfléchir sur leur propre pratique et en élucider les difficultés. Mais ils le faisaient et le font, quant à eux, à partir de réalités concrètes et de savoirs qu'ils ont pour charge de promouvoir auprès de leurs élèves. On serait tenté de dire ici : « La bonne pédagogie se moque de la pédagogie autoritaire. »

Le caractère systématique du procès pédagogiste de l'école républicaine et de ses exigences a quelque chose d'étonnant. Est frappante également la constance avec laquelle on s'attache à rendre l'école responsable de ce qui se manifeste en elle des injustices sociales. Comme si une vieille haine de toute institution, naguère parée des vertus du spontanéisme et de l'anticonformisme, devait confondre désormais dans une même réprobation son sens fondateur et ses dysfonction-

nements repérables. Dysfonctionnements tenus
pour essentiels par l'erreur de diagnostic qui rend
l'école responsable des détresses sociales dont elle
est pourtant victime.

L'effet d'un tel acharnement ne s'est guère fait
attendre. Trente ans de dénigrement et de « réforme pédagogique » ont fait régresser le rôle de
promotion sociale de l'école, en ajoutant aux limites traditionnelles que lui assignaient les rapports
sociaux l'affaiblissement de la volonté de faire
appel de ces limites par une instruction ambi-
tieuse. Ainsi, l'effet semble confirmer le diagnostic
qui le produit. Finalement, certaines extrapola-
tions explicatives ont plus contribué à la « reproduction » que les processus qu'elles croyaient mettre en évidence. Non que l'enquête sociologique et
le souci d'en tirer les conséquences pédagogiques
soient à négliger. Mais l'effet d'une critique se
trompant de cible et d'enjeu comme de diagnostic
ne peut être sous-estimé. D'autant que le sens
même de l'instruction et de sa puissance émancipatrice semble alors complètement oublié,
comme est oublié le fait que l'école républicaine
fut et reste une conquête, quelles que soient les
limitations que les rapports sociaux du moment
aient pu lui imposer. Le rappel d'un tel transfert
n'implique évidemment pas qu'aucune réforme
proprement pédagogique ne soit possible ni sou-
haitable. Il entend seulement rendre possible une
définition rigoureuse du domaine et des objets
légitimes de son intervention.

Un thème particulièrement sensible du discours
pédagogique peut illustrer ce point : celui de
l'*interdisciplinarité*. Lié en réalité à la question de

la cohérence d'ensemble de l'enseignement, il rejoint le statut de l'idée encyclopédique. Le souci d'expliciter les liens entre les différentes disciplines enseignées, afin que la dispersion des savoirs ne prenne pas l'allure d'un archipel disparate, est pleinement légitime. Le sens de l'école est bien de construire une culture cohérente où chaque discipline est comprise en son apport spécifique, et située par rapport aux autres. Une telle entreprise, toutefois, n'implique nullement la mise en cause des savoirs disciplinaires, voire l'effacement de leurs exigences propres au profit d'un retour à l'indifférenciation. Tout au contraire : la connaissance bien comprise des liens interdisciplinaires suppose une maîtrise des disciplines, non leur relativisation. Or la guerre couramment menée contre les exigences jugées excessives des savoirs disciplinaires et des enseignements qui leur correspondent tourne le dos à ce rappel de simple bon sens. Dans certains stages de formation des maîtres, il n'est pas rare, par exemple, que soit tenu un discours insistant de relativisation du savoir dans la discipline, artificiellement opposé soit à la belle cohérence d'une culture d'ensemble, soit aux exigences pédagogiques. Opposition inepte, qui confine à l'obscurantisme, comme le fait de caricaturer l'idéal encyclopédique en projet de simple empilement de savoirs disparates.

CHAPITRE III

PARTAGE DU SAVOIR,
CULTURE COMMUNE

> « Chaque enfant qu'on enseigne
> est un homme qu'on gagne. »
>
> VICTOR HUGO,
> *Les quatre vents de l'esprit*, I, 24.

Information, idéologie, connaissance

À l'idée antique de culture s'associent celles de connaissance et de formation. L'éducation comme *païdeia* (mot qui signifie à la fois culture et formation) met en jeu la dimension formatrice du savoir quand celui-ci est de nature à donner à l'homme l'occasion de se cultiver lui-même en s'instruisant de ce qu'il ignore. Nous sommes aux antipodes de la représentation mécaniste ordinaire qui décrit l'instruction comme la simple acquisition d'un bien extérieur. Assimilé à un objet inerte dont on ferait provision, ce bien n'aurait aucun retentissement réellement formateur pour l'être qui l'acquiert. Cette conception se conjugue souvent avec la considération de la seule utilité immédiate d'un savoir pour en apprécier la valeur, indépendamment de sa dimension formatrice.

Double méprise, qui occulte le sens et les enjeux véritables de la connaissance.

La connaissance est irréductible à l'information. Fille de l'intelligence en acte dans le travail de la pensée, elle en est aussi la source, selon une dialectique féconde qui n'est pas autre chose que la culture de soi. Distinguant la « tête bien faite » et la « tête bien pleine », Montaigne n'opposait ainsi que la culture authentique, réellement formatrice, et la simple mémorisation érudite, c'est-à-dire deux modalités du rapport aux savoirs. La première implique la pensée comme activité et, par-delà, le sujet connaissant tout entier. La seconde mise exclusivement sur la mémoire, et ne donne guère occasion de s'exercer à la conscience réflexive. À cela près que l'on retient mieux ce qui a été compris, saisi selon l'ordre de l'intelligibilité, et qu'en fin de compte les érudits eux-mêmes ne le sont vraiment qu'à mesure qu'ils comprennent effectivement ce qu'ils retiennent. Au regard de la connaissance, la mémoire n'est pas tant inutile qu'insuffisante.

Une certaine disqualification abstraite de la mémoire peut d'ailleurs devenir très nuisible à l'instruction, en donnant à entendre que la réflexion peut dispenser d'apprendre précisément. Quant à l'éducation de la sensibilité poétique et musicale, elle ne va pas sans la mémorisation personnelle des œuvres : les rythmes et les harmonies impriment alors leur marque et façonnent le goût par une expérience à la fois forte et intime de la beauté vivante des arts.

Ces remarques permettent de prendre la mesure d'un malentendu trop fréquent : l'assimilation de l'instruction à une simple « transmission » de connaissances — voire d'informations —, comme si le sujet qui s'instruit, au moment où il le fait, pouvait rester passif, et recevoir de l'extérieur un « contenu » tout constitué. Cette assimilation, qui est un contresens, a conduit simultanément à tenir pour négligeable la substance spécifique de chaque discipline, et à valoriser le modèle de la communication abstraitement définie. Au passage, c'est la réalité de l'enseignement qui se trouve méconnue dans son sens irremplaçable d'incitation à une pensée vive, en acte. La « communication » comme production d'un effet sur une « matière » tourne vite au conditionnement, à la captation des consciences. La même remarque peut valoir pour une pédagogie qui risque de tourner au simple dressage dès lors qu'elle entend produire chez les élèves des attitudes standardisées qu'elle appelle « objectifs », comme on l'a vu, qu'elle oppose aux programmes conçus en termes de savoirs.

L'idéal d'une culture réflexive, impliquant un rapport distancié au savoir dans son appropriation réfléchie, ne devient un idéal scolaire que si le projet éducatif dans lequel s'inscrit l'école est préservé d'une orientation idéologique incompatible avec lui. Or la chose ne va pas de soi, car l'idéologie et la connaissance objective, que l'on peut distinguer rigoureusement en droit, ne mènent pas en fait des existences aussi strictement séparées. Si l'on peut douter, de façon générale, de la possibilité d'exclure absolument toute interférence idéologique dans l'institution scolaire, on doit rappeler que l'exigence de vérité

d'une instruction rationnelle ne peut qu'en limi-
ter la portée, à défaut de l'empêcher totalement.
Seconde par rapport aux représentations les plus
spontanées dans lesquelles se cristallisent les illusions que nourrit une époque sur elle-même, la
démarche rationnelle de recherche du vrai prend
plutôt le sens d'une distanciation critique que
celui d'une parole de vérité d'emblée constituée,
émanant d'un pur lieu de connaissance.

Par exemple, l'évocation complaisante de l'idéologie colonialiste et ethnocentriste présente dans
certains manuels scolaires d'histoire de la Troisième République en France pourrait servir, de
prime abord, à caractériser l'école comme un des
« appareils idéologiques d'État », selon un concept
forgé naguère par Louis Althusser. Mais une telle
expression, il faut le rappeler, avait essentielle-
ment un sens polémique, davantage tourné contre
des prétentions illégitimes d'impartialité de certains tenants de l'institution scolaire que contre
l'institution elle-même. Elle maniait par ailleurs
la notion d'État de façon équivoque, puisque la
communauté de droit qui la définit dans une république démocratique y semblait amalgamée avec
celle de gouvernement, celui-ci pouvant réellement conduire une politique justiciable d'un tel
jugement critique.

L'école n'est pas un rouage des gouvernements
et de leurs politiques, mais une institution d'État,
ce qui est tout autre chose. Certains gouvernements, il est vrai, résistent difficilement à la tentation de la soumettre à leur idéologie de référence, mais ce manquement ne peut faire droit.
Instituteurs et professeurs servent l'État, et non le

pouvoir en place ou la « demande sociale », aussi fluctuante que captive des puissants du jour. Quant aux inspecteurs pédagogiques de l'Instruction publique ou de l'Éducation nationale, ils ont été inventés pour protéger les enseignants de tous les types de pressions éventuelles.

Malgré l'inévitable écho en elle de l'idéologie ethnocentriste, qui consiste à ériger en norme universelle une civilisation particulière, l'école de la République a su former des opposants résolus au colonialisme et, plus généralement, à l'injustice sociale. Ceci est la résultante prévisible d'une instruction rationnelle qui forme une capacité de jugement, ce qui va bien au-delà de la lettre de certains discours empreints d'idéologie, et rend possible leur critique intraitable. On ne peut donc, sans pécher par omission, évoquer à l'envi les discours colonialistes ou l'idéologie du don — qui réfère à la nature un échec explicable par des causes sociales — pour disqualifier l'institution scolaire qui les a hébergés, alors qu'on passe sous silence les vertus globales d'une instruction soucieuse de forger un patrimoine de connaissances et, par-delà, une capacité de réflexion autonome.

Le caractère trompeur de certains effets de perspective tient à une confusion de fait entre l'esprit émancipateur d'un enseignement qui cultive le jugement et la lettre d'énoncés aussi incompatibles avec un tel esprit qu'avec les principes fondateurs de l'école républicaine. Une culture critique authentique rend possible la mise en cause de cette contrefaçon d'universel que croit pouvoir imposer une société lorsqu'elle confond ses façons d'être familières avec des normes de droit. Cette idéalisation est d'ailleurs typique de l'idéologie : celle-ci ne s'avise pas qu'un droit véritable n'est pas la simple codification des rapports de force et de pouvoir, mais la mise à distance de ceux-ci par des principes critiques de justice.

L'« autonomie relative » de l'instance scolaire, pour parler comme Marx, interdit donc tout autant de la concevoir comme lieu de pure reproduction sociale et idéologique que de voir en elle une réalité idéalement maîtresse d'elle-même qui serait d'emblée, comme par miracle, affranchie de toute influence de la société du moment. La dialectique de l'émancipation scolaire est celle d'un travail de réappropriation critique, d'une exigence de dépassement du donné : elle est à ce titre assez différente d'une dispensation neutre et aseptisée d'un savoir libérateur détenu dans un pur lieu de vérité. Raison de plus pour que ne lui fasse pas défaut la volonté politique de la promouvoir, de la défendre aussi chaque fois que la jugent trop dérangeante les puissances sociales du moment.

Le vertige de la communication

L'habitude prise de juger l'école au nom de la société conduit à tenter de lui imposer les modes et les modèles que promeut celle-ci. Ainsi la vogue de la « communication », après avoir établi son empire un peu partout, s'attaque à l'enseignement et prétend lui faire la leçon. Au besoin, elle s'en invente une caricature. Voyez l'image d'Épinal du professeur enfermé dans son savoir « académique », indifférent à ses élèves (on dit plutôt aujourd'hui, significativement, à son « public »), soliloquant dans sa classe sans vraiment se soucier de la logique de l'offre et de la demande qui devrait régir, croit-on, sa relation avec son auditoire. Voyez aussi la rituelle critique du cours magistral, presque toujours confondu avec le cours *ex cathedra* : dans l'imagerie qu'elle accrédite, le silence d'élèves attentifs et concentrés devient signe irréfutable de passivité, tandis que la cohérence propre au discours du professeur est interprétée comme une preuve de clôture narcissique. Bref, l'enseignant traditionnel ne saurait pas « communiquer », et s'aveuglerait lui-même sur cette incompétence dans une pratique solitaire — et solipsiste — de sa discipline... Place, dès lors, aux nouveaux dieux tutélaires de la Cité — experts en communication et stratèges en supports médiatiques — pour se pencher sur le problème et entreprendre de soigner l'enseignement de la maladie qu'on s'obstine à lui trouver, peut-être à défaut d'une réflexion plus dérangeante sur les dérives sociales qui le mettent en détresse.

Il est de simple bon sens que le professeur doit se faire comprendre de ses élèves. Mais le rappel d'une telle banalité autorise-t-il une identification pure et simple de l'enseignement à une activité de communication, dont l'essence pourrait être définie indépendamment des différents objets d'étude auxquels se rapportent les disciplines enseignées, et des fins propres de l'instruction qu'ils mettent en jeu ? Rien n'est moins sûr. Il convient de s'interroger sur l'origine du prestige dont semble jouir la communication définie abstraitement, pour elle-même. Et d'en mesurer les dangers.

Vidée de cela même qui dans un discours sensé et rationnel l'unit à une connaissance véritable ou du moins à une exigence de connaissance, la communication peut viser des effets très différents, qui n'ont plus grand-chose à voir avec la raison d'être de l'école. Emprise sophistique, séduction, pouvoir trouble peuvent s'attacher au maniement du discours, et ce d'autant plus aisément que le critère de la validité intellectuelle se trouve mis hors jeu. Symptomatique et inquiétante posture du « gourou » qui suscite la confidence et capte les âmes, à défaut de fortifier en elles la puissance de l'entendement.

À l'opposé, la discrétion éthique requise des maîtres de l'école républicaine est bien plus respectueuse de l'élève que la tendance à diriger sa conscience à la faveur d'une complaisance affective. Régis Debray en rappelle une figure exemplaire en la personne de son professeur de philosophie, Jacques Muglioni : « Marianne à l'école, on le sait, élève ses ouailles en allant à pied, d'un pas vif *ma non troppo*. On ne l'imagine pas le cœur sur la main, se livrant à la confidence. En somme je n'ai pas été, cette année-là [...] édifié, endoctriné, séduit, fasciné ou transporté mais simplement *instruit* par un congénère anonyme et têtu. Personne n'avait pris possession de mon âme ; on l'avait mise entre parenthèses, n'en voulant qu'à mon esprit ; on m'avait appris à me déprendre, sans autre emprise de relève. On n'avait pas réfuté mes opinions, mais fait découvrir que ce n'était que des opinions, c'est-à-dire peu de chose, en se gardant de m'en proposer d'autres. L'école républicaine ne délivre pas de message. Elle délivre tout court. Elle défait des liens. Elle donne de l'air. Une chose est de lever l'écrou, une autre de mettre sur le chemin[1]. »

Le souci de « communiquer pour communiquer » peut certes répondre à un besoin affectif. Il est vrai que le tintamarre d'une société marchande qui ne cesse de « communiquer », alors que le naufrage du sens s'y accomplit par la multiplication indéfinie des signes et des messages de tous ordres, n'en laisse pas moins chaque être humain irrémédiablement seul, fût-il porté par une foule. Étrange retournement que cette communication vidée par le trop-plein du dire. Le silence où la pensée reprend possession d'elle-même ne semble plus avoir droit de cité. Considérer un élève muet comme passif est devenu courant, dès lors que tout se juge à l'aune de l'impérieuse communication.

Régis Debray a également souligné le sens et la portée du règne de la « vidéosphère », qui domine désormais celui de la « graphosphère », contemporain de la création de l'école républicaine en France. Si l'écrit permet la distance réflexive et la réappropriation critique, l'image audiovisuelle — à distinguer de l'œuvre picturale qui, quant à elle, donne toujours à penser — impressionne et produit son effet de sens sans qu'il soit toujours possible au spectateur de prendre ses distances. L'apparente facilité de la communication audiovisuelle donne par contraste à la lecture de l'écrit une austérité et une difficulté peu engageantes. Une société très « médiatisée » tend donc de plus en plus à valoriser et à imposer ses modes de communication. L'école doit-elle en tirer pour conséquence qu'il lui faut relativiser les « supports » traditionnels, et notamment l'écrit ? Là encore, il y a un dilemme entre la soumission pure et simple au monde social du moment et le souci d'une autonomie justifiée par la dimension culturelle libératrice d'une pratique (l'écriture) qu'on ne peut apprécier à l'aune de ce seul monde social. La virtuosité du discours médiatique parvient à s'affranchir de toute exigence de vérité, dès lors que par sa seule manifestation elle exerce un ascendant sur son auditoire : ainsi se restaure l'empire des nouveaux sophistes.

Le sens des disciplines et l'horizon encyclopédique

La critique devenue habituelle de l'« encyclopédisme » recouvre un malentendu. On peut même se demander si elle ne s'acharne pas, en fait, sur une caricature. Il est d'ailleurs significatif que seul, le plus souvent, soit utilisé un terme péjoratif (la notion d'encyclopédisme), tandis qu'est abandonnée la référence positive à l'idéal encyclopédique, dont s'inspirèrent les grands fondateurs de l'école républicaine pour concevoir un cycle d'études propre à promouvoir en chaque élève le libre exercice du jugement, et une configuration de connaissances lui permettant d'assumer sans complexe son rôle de citoyen éclairé. Il convient donc de rappeler la nature et le sens de l'idéal encyclopédique dans le cadre d'une instruction méthodique finalisée par l'éducation à la liberté et à la raison.

La critique de l'idéal encyclopédique de l'instruction relève d'une confusion devenue fréquente entre cercle raisonné du savoir bien compris en ses principes essentiels et empilement de « connaissances » assimilées à des « contenus », à des « informations » qu'il s'agirait d'emmagasiner. Cette caricature ouvre la voie à l'acception péjorative de ce qui est appelé « encyclopédisme ». L'idéal encyclopédique bien compris invite tout au contraire à une connaissance maîtrisée de la différenciation des savoirs en leurs principes élémentaires, non à une érudition exhaustive. Face à la « spécialisation dispersive » des savoirs, l'orientation générale et encyclopédique de l'école est la plus sûre prévention contre les mystifications idéologiques qui consistent à détourner des savoirs de leur sens premier.

L'approche des programmes d'enseignement doit s'inscrire au sein d'une interrogation sur le sens des connaissances dans le processus par lequel l'humanité advient à elle-même en chaque élève : préparation efficace à la vie professionnelle certes, mais aussi, et indissociablement, propédeutique à une citoyenneté affranchie des nouvelles tutelles qui tendent à régner sur l'espace public, dévolu à l'emprise des médias modernes. Une telle mise en perspective entend montrer l'actualité de tout un héritage humaniste qui, de Montaigne à Condorcet, insiste sur la dimension libératrice d'une culture vivante, qui n'a rien à voir avec l'empilement sans principes des connaissances, mais se propose tout simplement de faire que, par-delà les tragédies de son histoire, l'humanité sache se souvenir du meilleur d'elle-même, déli-

vrant chacun de la servitude du présent : l'école,
lieu de culture et non d'érudition, n'est-elle pas,
fondamentalement, cette instance où la société du
moment sait se mettre à distance d'elle-même,
déliant tout esprit des entraves du quotidien, et
l'invitant à s'accomplir par la réappropriation du
savoir humain, dans toute sa richesse ?

Montaigne, dans des mots célèbres, a effectué
la critique d'une « institution des enfants » qui ne
viserait que l'accumulation de connaissances simplement mémorisées, sans souci de leur articulation. C'est le fameux thème, comme cela a été vu,
de la « tête bien pleine » opposée à la « tête bien
faite ». Encore faut-il nuancer le sens et la portée d'une telle opposition : Montaigne, qui savait
beaucoup de choses sinon tout, n'avait garde
d'opposer ainsi l'acquisition de connaissances
diversifiées et riches à la formation d'un esprit
dont la bonne organisation intérieure fonderait le
pouvoir de penser librement (ce qu'il appelle la
« tête bien faite »). On ne peut pas bien raisonner
sur rien, ni à partir de rien : la critique, légitime,
d'une érudition stérile qui encombrerait la
mémoire d'une multiplicité de savoirs non maîtrisés n'implique nullement la disqualification de
l'ambition encyclopédique bien comprise. Pour
l'homme, connaître, ce n'est pas détenir des « informations », mais enrichir son être même en le
formant par l'élévation au savoir. La connaissance
ainsi comprise est culture, autoformation, processus d'élévation. On ne peut connaître par inadver-
tance, et la présence à soi du sujet connaissant est
requise, gage d'une compréhension *effective* véritable, en première personne.

À trop vouloir mettre l'accent sur les processus mentaux supposés requis pour l'acquisition d'un savoir, on risque d'oublier que la dimension intellectuelle d'une connaissance, qui suppose un acte de conscience vive, ne se réduit pas au phénomène psychologique de son appropriation. Alain, comme il a été dit plus haut, soulignait dans ses *Propos de pédagogie* les limites du modèle de l'apprentissage lorsqu'il s'agit de penser le moment de la connaissance personnelle. L'activité consciente de l'intelligence, librement déployée, est irréductible à un enchaînement d'opérations que l'on pourrait décrire en termes d'« objectifs comportementaux ». Le psychologisme de la théorie de l'« apprenant » tend corrélativement à réifier le savoir, soit qu'il le décompose en séquences au titre des « savoir-faire » à acquérir, soit qu'il ne se réfère plus qu'à un « contenu », avec les ambiguïtés de ce terme.

De fait, l'évocation habituelle de la notion de « transmission de connaissances », judicieuse quand il s'agit de réaffirmer la vocation de l'instruction contre ses dénaturations multiformes, peut devenir équivoque en raison même de ce qu'elle suggère, à savoir la simple opération mécanique de déplacement d'un lieu à un autre, et l'assimilation de la connaissance à un objet déplacé. L'idée d'un transvasement, d'une tête à une autre, et la métaphore du « remplissage », voire du « bourrage de crâne », ne sont pas loin dès lors. La critique de l'« encyclopédisme » supposé de l'école procède souvent du même contresens, qui solidarise une conception réifiante des savoirs (traités comme des informations), un pri-

vilège accordé indûment aux techniques de communication (qui consistent effectivement à faire
passer une information d'un lieu à un autre), et
une réduction de l'intellectuel au mental (qui,
confondant la connaissance avec ses conditions
psychophysiologiques, en vient à nourrir la dangereuse illusion de pouvoir décomposer intégralement le processus d'instruction en séquences
mécaniquement articulées, telles que celles que
met en œuvre un dressage).

La *païdeia* présente dans l'encyclopédie est donc
à l'opposé d'un modèle d'apprentissage tel que
celui qui vient d'être évoqué. Comme culture vive
de soi par soi, elle échappe à toutes les critiques
qui, la concevant à tort à la façon d'un entassement de savoirs, croient devoir s'insurger contre
la « quantité » de choses dont on encombrerait la
tête du pauvre « apprenant ». Mais un second
point mérite ici examen, car sa méconnaissance
entre également dans le malentendu concernant
l'idéal encyclopédique. C'est celui de la mise en
ordre des connaissances, articulées selon leur spécificité différentielle. Étymologiquement, le mot
« encyclopédie » pourrait se traduire, en respectant l'esprit comme la lettre de la notion, par « cercle raisonné de la connaissance » ou même « cycle
complet de la culture », les deux expressions ayant
quelque chose de complémentaire. Rien de plus
étranger à l'encyclopédie que l'entassement sans
ordre. Diderot, qui reprend pour la France le projet de Chambers, doit adopter, pour les commodi-
tés de la consultation, l'ordre alphabétique d'un
dictionnaire : ordre arbitraire s'il en est. Pourtant,
le réseau de renvois qu'il organise systématique-

ment entre les articles permet de conférer à l'ensemble une systématicité non dogmatique. Systématicité, puisque le jeu des renvois permet de lier les connaissances les unes aux autres, de s'affranchir de la disposition disparate pour saisir les rapports essentiels. Non dogmatique, puisque la diversité presque infinie des parcours intellectuels rendus ainsi possibles laisse le lecteur libre, sans jamais le livrer au désordre ou à l'arbitraire. Les savoirs sont ici articulés, selon une construction raisonnée qui n'a rien de l'empilement.

L'idéal encyclopédique est donc bien celui d'une unité organique des savoirs, visant *le* savoir, en son sens émancipateur et critique. Chez Rabelais déjà, l'encyclopédie, comme ensemble complet de connaissances, permet une reconnaissance de la place, du statut, de chaque savoir. La systématisation circulaire (en grec, *enkuklos*) s'accorde parfaitement avec l'idée d'un cycle entier de formation (*païdeia*), dans la mesure où l'édifice des connaissances acquises par l'humanité entière peut fournir la base de l'instruction de chaque homme, et soutenir en conséquence le processus éducatif en lui transmettant toute la richesse d'un héritage.

L'élève, le petit homme, se met à l'écoute de toute l'humanité, de la culture universelle, pour s'élever lui-même à la plénitude de son être, à la pensée instruite qui délivre des faux-semblants du vécu immédiat et participe à la construction toujours difficile de la lucidité. Quant à la dimension critique et libératrice de l'idéal encyclopédique, il faudra y revenir plus loin, mais il est déjà possible de rappeler que l'encyclopédie des humanistes de

la Renaissance s'oppose aux totalisations dogma-
tiques et autoritaires des *Summae* médiévales,
somme de savoirs sous finalité émancipatrice. On
retrouvera chez les grands philosophes rationalistes, Bacon, Descartes, Leibniz, la reprise de ce
souci de cohérence méthodique des savoirs, accor-
dée et non opposée à leur complétude. Il appar-
tiendra ensuite à Condorcet, inspirateur de Jules
Ferry, de prolonger l'héritage encyclopédiste de
Diderot et des Lumières dans un modèle propre
à fonder l'instruction libératrice. Entre-temps,
Auguste Comte et Émile Littré auront assuré une
médiation essentielle en élaborant l'idée d'un cursus d'études adaptant l'idéal encyclopédique aux
exigences d'un enseignement ouvert à tous.

L'idée d'une culture commune

Une idée essentielle permet de situer la portée
de la culture dite scolaire. Celle-ci transpose la
culture « tout court » dans le processus d'instruction, avec pour but d'en permettre une appropriation réfléchie. Le passé n'existe pas ici comme
tel. Il ne vaut que comme acquis de l'aventure
humaine. Se cultiver, c'est s'enrichir soi-même du
legs que l'enseignement fait revivre. Et c'est toujours en première personne que chacun accomplit
un tel enrichissement. Là encore, la connaissance
qui advient en chacun ne peut se réduire à une
mémorisation passive. Elle met en jeu l'activité de
la conscience, son travail propre. Savoir et culture
sont comme le recto et le verso d'un même pro-

cessus qui convoque l'intelligence et lui donne ses repères.

En outre, il faut souligner l'idée essentielle d'une culture commune à tous, vecteur d'égalité comme de lucidité, mais aussi source d'enrichissement personnel. Certes, les références culturelles peuvent se diversifier au gré des expériences personnelles et des patrimoines particuliers. Il importe toutefois que nul ne soit enfermé dans les données de son milieu familier, où il serait comme assigné à résidence. Cette remarque n'implique évidemment pas un déni de valeur à l'égard d'un tel milieu, mais le souci de rappeler que l'école, par la culture exigeante et riche dont elle est le vecteur pour tous, permet à chacun d'élargir son horizon de référence.

L'instrumentalisation de la culture, par l'invocation usurpée de finalités professionnelles mal comprises, la dessaisit tout à la fois de son sens proprement humain et de sa dimension libératrice. Certains pédagogues ont rêvé d'une « philosophie » pour scientifiques, d'une « mathématique » pour informaticiens... Pourquoi pas une « histoire » pour ouvrier spécialisé et une « littérature » pour éboueurs ? On voit ici à quelle mutilation peut conduire le souci d'adaptation. L'idée que l'école doive et puisse faire advenir un monde de références communes par-delà les futures spécialisations professionnelles est de plus en plus occultée par ce genre de réformisme. Abandon de grave conséquence, dont on peut mesurer l'enjeu éthique et politique quand on observe que l'école publique est à peu près la dernière instance où puisse se cultiver ce sens de l'universalité.

S'agit-il de tout savoir sur tout ? À l'évidence, non. Même les figures culturelles les plus marquées de l'idéal encyclopédique (Aristote, Léonard de Vinci, Leibniz, Comte) n'ont constitué que des esquisses d'un idéal qu'il faut bien plutôt concevoir comme idéal asymptotique, dont la réalisation ne sera jamais qu'approchée. La complétude visée, dans le champ de l'école, n'est pas celle du détail des savoirs saisis exhaustivement, mais celle des grands types de connaissances ; il s'agit, dans une transposition raisonnable, c'est-à-dire proportionnée aux possibilités de jeunes esprits qui s'ouvrent le chemin des savoirs, de faire connaître l'essentiel, voire l'élémentaire, de chaque domaine de connaissance. Qu'un jeune bachelier puisse avoir été initié aux grands types de connaissances, à leurs principes fondamentaux comme à leurs exigences propres, est déjà beaucoup. Rien ne lui interdit, après, d'approfondir telle ou telle branche de la culture, mais il doit avoir eu le loisir d'en voir l'arbre en entier, afin, justement, de situer cette branche dans son rapport au tronc.

La sélection de l'élémentaire et de l'essentiel de chaque discipline n'est pas toujours facile, et l'on sait les controverses que peut alimenter un tel travail. Restent malgré tout des principes de simple bon sens qui, s'ils sont quelquefois objet de discussion, permettent de fixer quelques repères difficilement contestables.

Tout d'abord, l'idée de ne pouvoir accéder à un certain niveau de connaissance que si l'on maîtrise parfaitement les connaissances du niveau inférieur. De cette règle découle une obligation cruciale pour le point de départ : ne rien présupposer, afin que ceux qui n'ont que l'école pour s'instruire ne soient pas d'entrée de jeu victimes d'une pédagogie de l'implicite.

L'élémentaire est ce qui vient en premier lieu. Dans un ensemble complexe, c'est ce qui est le plus simple, et à quoi l'on remonte par décomposition analytique de la complexité. En ce sens, l'élément est de l'ordre du fondamental.

Ensuite, il ne va pas de soi que le dernier état du savoir (la « science fraîche ») puisse fournir, tel quel, le meilleur point de vue pour normer le cursus d'étude. L'ordre d'exposition des connaissances a ses exigences propres, distinctes de cette norme _a posteriori_ dont la variabilité intrinsèque entraînerait les programmes dans des refontes indéfinies. Non qu'il faille définir ces programmes une bonne fois pour toutes, mais on doit se souvenir que la valeur d'un programme est attestée, entre autres, dès lors que ceux qu'il a formés sont en mesure de manifester leur autonomie de jugement et, le cas échéant, d'en opérer la critique réflexive. Cette dernière aurait-elle été possible sans le parcours dont elle a procédé ? Rien n'est moins sûr. Trop de personnes, ainsi, critiquent la culture classique au nom de la modernité, sans bien se rendre compte de ce qu'ils lui doivent, y compris dans l'accession à cette modernité. Le coupe-circuit qui prétend mettre _d'emblée_ les élèves en contact avec la modernité, outre l'enfermement culturel qu'il représente, reste aveugle à son présupposé majeur, en même temps qu'il compromet la plénitude du bagage culturel de l'élève. L'histoire propre de chaque discipline enseignée, appréhendée par celui qui en a la maîtrise et peut la normer après coup à partir du savoir le plus récent, fournit sans aucun doute des repères essentiels pour la transposition pédagogique requise par l'enseignement. Mais celui-ci doit également prendre en compte un ordre d'appropriation possible du savoir par l'élève, comme par exemple celui que règle le passage du plus simple au plus complexe : non qu'il faille nécessairement s'en tenir à cela seul que chaque élève peut saisir spontanément à chaque stade de sa maturation mentale, car l'exigence intellectuelle, en incitant toujours au dépassement de soi, participe à cette maturation même. Mais on confond trop souvent à cet égard le fait de se mettre au niveau de l'élève et celui de se mettre à sa portée. Un texte difficile est à la portée d'un élève lorsque celui-ci est susceptible de le comprendre s'il fait un effort en ce sens. Il n'est qu'à son niveau s'il peut être compris spontanément.

L'ambition des programmes d'enseignement ne peut être révisée à la baisse s'il ne s'agit que de se mettre au niveau des élèves. De plus, il faut rappeler qu'à trop vouloir la régler sur une demande supposée de l'élève, on intériorise des limites qui pourraient bien consacrer et entériner des inégalités d'aspiration elles-mêmes produites par la hiérarchie sociale. Des programmes nationaux, c'est-à-dire également ambitieux, ne peuvent être conçus selon une logique de l'offre et de la demande, car ils moduleraient leur richesse selon des critères injustes, et conduiraient à une logique d'apartheid culturel. Adapter les moyens de l'enseignement dans un légitime souci d'efficacité pédagogique ne peut donc signifier différencier les

fins visées. S'il est plus difficile d'enseigner Racine
à Aubervilliers qu'à Neuilly, il n'est pas juste de
renoncer à le faire.

Le sens des connaissances doit se comprendre
dans la perspective d'une lucidité à construire,
d'une sagesse pratique et théorique dont Descartes
rappelait qu'elle peut constituer à bon droit la
finalité de toute recherche intellectuelle, de tout
savoir particulier (première des *Règles pour la
direction de l'esprit*). Une telle raison d'être n'est
nullement opposable au souci de « rentabilité »
bien compris des savoirs qui, de façon maladive,
tend désormais à offusquer la réflexion. Bien au
contraire. Un savoir particulier sera d'autant
mieux maîtrisé qu'il fera l'objet d'une conscience
de ses fondements et de ses limites, et qu'il sera
compris dans une culture d'ensemble.

Sans exclure l'idée essentielle qu'il y a un vrai
plaisir du savoir, et que la connaissance, à cet
égard, est à elle-même sa propre fin, il faut rappeler ici la question du sens des connaissances.
Question décisive, qui éclaire la raison d'être de
l'école et de l'instruction qui s'y déploie. Une sorte
d'amnésie à l'égard de l'idéal encyclopédique, et
de sa traduction pédagogique, semble d'ailleurs ·
s'être produite dès lors que l'inquiétude devant le
développement dramatique du chômage a induit
des demandes pressantes de rentabilité quasi
immédiate à l'égard de l'école. L'ouverture humaniste du savoir, sa finalité dans l'accomplissement
de l'homme sont parfois perçues comme un luxe
dérisoire par rapport à l'angoisse que fait naître le
chômage, ou sa menace imminente. Il faut pourtant résister à ce qui n'est peut-être qu'un faux-

semblant. Est-ce en renonçant à l'inspiration encyclopédique que l'école sera mieux adaptée aux demandes sociales ? Que ce soit à court terme ou à moyen et long terme, rien n'est moins sûr. L'effrayante logique de « compression des effectifs » qui ne cesse de déchirer le tissu social n'a plus grand-chose à voir avec l'inadéquation supposée des formations dispensées. Pour qu'un homme soit frappé par le chômage, il suffit, souvent, que l'on trouve une personne capable de faire le même travail pour un salaire moindre, ou qu'il laisse la place à la machine. Est-on si sûr, dès lors, que la compétence dispensée par l'école est vraiment en jeu ? Quant à l'exigence d'adaptation à courte vue de l'enseignement à la demande sociale, elle risque de se traduire par l'indexation de l'école sur des données tellement variables, et si vite dépassées, qu'elle a peu de chance de produire le résultat visé.

Il faut donc considérer le sens des connaissances, c'est-à-dire tout à la fois leur valeur critique et libératrice, et la nature des utilisations qui peuvent en être faites. L'idéal d'un homme accompli, d'un citoyen éclairé, d'un travailleur capable de s'adapter (ce qui est fort différent du fait d'être adapté d'emblée de façon unidimensionnelle à une tâche particulière) se trouve ici mis en jeu. Solidaire d'un principe d'ordre des différentes connaissances, et des grands domaines dont elles relèvent, l'idéal encyclopédique fournit à la conception des programmes d'enseignement une référence indispensable. Sans aliéner jamais la spécialisation de chaque matière ou discipline, il invite à en ressaisir le sens sur le fond d'une organisation générale des savoirs. C'est s'obstiner dans la caricature que de stigmatiser sans cesse l'encyclopédie en lui reprochant à cet égard d'être ce qu'elle n'est pas, à savoir une accumulation passive : elle est tout le contraire. Aux antipodes aussi du scientisme, qui prétendrait que la seule juxtaposition de connaissances scientifiques spécialisées suffirait à couvrir l'exigence d'intelligibilité, l'esprit encyclopédique s'ordonne à une idée philosophique de la connaissance. Chaque savoir, référé à son domaine d'appartenance et d'origine, doit toujours être compris dans sa spécificité, et assigné à ses limites. C'est la condition requise pour que soit évalué son apport propre à la connaissance humaine. Le repérage critique des détournements frauduleux de connaissances exportées hors de leur champ de validité suppose à la fois une approche minimale, mais essentielle, de chaque grand domaine scientifique, et une capacité de réflexion autonome sur les fins et les fondements des connaissances. La maîtrise de la pluridisciplinarité ne consiste pas à noyer les disciplines, mais à saisir, à partir d'une connaissance suffisante de chacune d'elles, les rapports qu'elles entretiennent.

Deux exemples pour illustrer ce qui précède tant dans la sphère pédagogique de l'école que dans celle de l'élaboration des savoirs, puis de leur utilisation dans la société. Lorsque Hitler entend justifier et fonder sa politique de conquête et son différencialisme raciste, il capte et détourne les théories darwiniennes, en les transférant de la vie animale à la vie humaine : au passage, la négation de la spécificité de l'homme et de la culture permet le détournement de concepts scientifiques à des fins idéologiques et politiques dont chacun garde en mémoire les sinistres effets. Comment un élève pourra-t-il saisir l'imposture d'une telle utilisation du savoir, destinée à parer de scientificité une politique mortifère, s'il n'a eu d'abord une approche suffisante des théories darwiniennes dans le champ de la biologie, et s'il n'a pu réfléchir, grâce notamment à l'histoire, sur l'irréductibilité des réalités humaines aux réalités biologiques ? La réappropriation philosophique de la différence ainsi saisie, suivie de sa thématisation critique, n'est-elle pas la meilleure prévention contre les faux-semblants dont usent les théories racistes qui, depuis Gobineau, ne cessent de stipuler l'inégalité des groupes humains appelés « races » par une approximation notionnelle qui n'a rien d'innocent ? L'éclairage philosophique et critique doit ici poursuivre une double fin : assigner la spécificité de chaque connaissance ; faire réfléchir sur son utilisation possible, et sur la valeur de cette utilisation au regard d'une exigence de justice ou de sagesse. Deuxième exemple : le fétichisme des machines informatiques et, notamment, la conception irrationnelle qui prête à l'ordinateur les attributs de l'intelligence humaine sous prétexte que sa puissance combinatoire peut en simuler efficacement certaines manifestations, comme dans le cas d'une partie d'échecs. Ne faut-il pas, pour surmonter une telle illusion, savoir ce qu'est, du point de vue mathématique et informatique, un programme, et comprendre dès lors que le fonctionnement de l'ordinateur ne présente que des analogies avec celui de l'intelligence humaine qui, elle, se « programme » elle-même — pour autant qu'une telle expression puisse encore avoir un sens s'agissant de l'homme ?

On pourrait multiplier les exemples de ce que peut procurer une connaissance encyclopédique maîtrisée, à partir des programmes d'enseignement des diverses disciplines. L'essentiel, en l'occurrence, est de saisir les véritables enjeux culturels et réflexifs des connaissances dispensées.

L'orientation réflexive et critique de l'école républicaine devient explicite avec l'enseignement philosophique dont elle s'est munie dans les classes terminales de l'enseignement secondaire. Le processus d'instruction pluridisciplinaire s'y accomplit par une réflexion exigeante sur le sens et les fondements des savoirs, et les questions propres de la philosophie y sont examinées pour elles-mêmes, en vue d'une élucidation rationnelle et critique de ce qui se joue dans la conduite existentielle comme dans toute investigation de la pensée. Il convient en effet d'échapper au risque de ce qu'Auguste Comte appelait la « spécialisation dispersive », en ressaisissant le sens de tout savoir particulier dans l'horizon de pensée qui l'intègre et lui donne sens. C'est très exactement le rôle que le fondateur du positivisme donnait à la philosophie générale, soucieux en cela d'éviter toute dérive scientiste et tout enfermement disciplinaire. Une telle conception se trouve aux antipodes de l'étrange contresens qui a voulu faire du positivisme un scientisme. Elle répond au souci de conjuguer les avantages de cultures disciplinaires spécifiques exigeantes, développées notamment dans l'enseignement secondaire, et la fécondité réflexive d'une visée unitaire où les connaissances s'articulent et se mettent en perspective dans l'horizon d'une lucidité théorique et pratique attentive à la complexité du réel.

De fait, la fonction critique explicitement assumée par l'enseignement de la philosophie dans les classes terminales des lycées le différencie radicalement de l'« histoire des idées » qui réduirait la pensée à des produits morts, mais aussi de toute allégeance à l'air du temps et aux mirages idéologiques de la modernité. Elle se manifeste de deux manières qui se répondent mutuellement. D'une part, la liberté reconnue au professeur dans la conduite de son enseignement est à l'évidence la condition du caractère philosophique de sa démarche, et partant de sa dimension émancipatrice pour les élèves. D'autre part, le rôle irremplaçable de la dissertation permet à chaque élève de prendre la responsabilité de sa propre pensée dans le libre examen d'une question traitée pour elle-même, avec un souci de rigueur et de vérité.

Enseignement professionnel et culture générale

On peut s'interroger sur le sens et la portée d'une opposition devenue trop habituelle entre savoirs concrets et savoirs abstraits. Au nom de celle-ci, on tend à séparer la formation professionnelle de toute culture générale, pour l'adapter strictement à ce qu'on appelle le « marché de l'emploi ». La séparation devient carrément opposition lorsque l'enseignement public se dessaisit de la formation professionnelle et la transfère au monde de l'entreprise, sans autre forme de procès ni différenciation rigoureuse de ce qui peut relever légitimement d'un tel monde et de ce qui par défi-nition n'est pas de son ressort. Il faut d'abord rap-peler que l'« intelligence » est autant en cause dans le travail manuel que dans l'activité intellectuelle, même si elle s'y manifeste de façon différente.

L'apprentissage d'un métier peut sans doute, par sa dimension pragmatique, se faire « sur le tas ». Cependant, il met alors en jeu des compé-tences plus générales, qu'il spécifie pour les adap-ter, mais qui ne se réduisent pas à lui. En résumé, les fonctions respectives de l'école et de l'entre-prise ne sauraient être confondues. La difficulté objective d'une telle distinction se conjugue à l'évi-dence avec les enjeux économiques et sociaux liés aux rapports de pouvoir et d'exploitation, tant il est vrai que l'accueil d'un « apprenti » dans une entreprise s'affranchit rarement des finalités de celle-ci. Le souci du profit laisse peu de place à une formation désintéressée, plus ample que ce qui est requis dans l'immédiat. Il n'y a pas là un jugement de valeur, mais un simple constat de la différence de finalités entre l'école publique et l'entreprise. C'est ici que s'inscrit le débat concer-nant l'orientation des lycées professionnels (LP) et celle de l'apprentissage. Privilégier l'adaptation à courte vue aux exigences immédiates du mar-ché, c'est assurément faire œuvre pragmatique. Mais, à terme, c'est aussi risquer la désadaptation des principaux concernés, car la carence en matière de culture générale et de connaissances fondamentales compromet la capacité d'adaptation autonome. D'où la confrontation entre deux grandes conceptions de la formation professionnelle : celle qui entend la faire dispenser dans le cadre du système scolaire, afin qu'elle concilie les exigences de la formation fondamentale et celles de l'adaptation, et celle qui entend la confier au monde de l'entreprise. Une troisième conception constitue un moyen terme. C'est celle qui préconise l'articulation d'une formation dans le système scolaire, assortie de stages en entreprise, ou encore une formation alternée dans les deux domaines. Pour mesurer l'ampleur du problème, on peut rappeler qu'en France, en 2005, plus d'un million de jeunes gens préparent un certificat d'aptitude professionnelle (CAP), un brevet d'études professionnelles (BEP), un bac professionnel ou des diplômes assimilés attestant la maîtrise de compétences spécifiques.

Un bref historique n'est pas inutile, car il montre comment le problème exposé a émergé, et dans des termes qui conservent une certaine actualité, même après la grande révolution informatique qui a transformé, voire fait disparaître, bien des métiers. Jadis, c'est aux corporations et à la tradition du compagnonnage qu'était confiée de fait la formation professionnelle, par transmission orale et pratique des savoirs et des savoir-faire. La naissance de l'industrie et l'abolition des corporations par la Révolution française ont bouleversé cette tradition, en inaugurant le salariat moderne. La question de l'apprentissage a été alors largement tributaire de l'évolution des rapports de force entre les partisans d'une formation strictement adaptée aux besoins immédiats du capitalisme, et les tenants de l'idée que seul le cadre de l'école publique, indépendant par nature des impératifs du profit, pouvait fournir une formation solide. L'alternative se double d'une conception différente de l'état d'esprit dans lequel s'accomplit la formation professionnelle. Lorsque celle-ci est hébergée par l'école publique, elle n'implique pas une adhésion à l'idéologie du capitalisme : la maîtrise de savoirs et de savoir-faire opérationnels dans une certaine configuration économique et technologique n'implique nullement une allégeance aux rapports de pouvoir qui se jouent du fait des rapports de production et de propriété. Une telle distinction, et l'indépendance qu'elle permet, n'est pas aussi aisée lors d'un apprentissage en entreprise, strictement conformé selon les exigences du marché local du travail et modelé par les attentes patronales. Il est clair que la préparation à la citoyenneté éclairée, comme à la liberté de jugement du travailleur, parfaitement compatible avec son efficacité professionnelle, a partie liée avec le rôle émancipateur d'une école affranchie par principe des contraintes socio-économiques. Le triptyque des finalités de l'école publique prend ici tout son sens : il s'agit de former simultanément l'homme, le citoyen et le travailleur. Issu du programme de réforme démocratique de l'enseignement élaboré par la Résistance (voir notamment les propositions du plan Langevin-Wallon), le dispositif d'apprentissage des métiers à l'école se développe en France au lendemain de la Libération. D'où la création des centres d'apprentissage puis des collèges d'enseignement technique (CET), qui laissent la place en 1975 aux lycées d'enseignement professionnel (LEP). En 1985, ces LEP deviennent des lycées professionnels (LP). On y délivre un diplôme reconnu, de valeur nationale, affranchi de tout « esprit maison » comme de tout particularisme d'entreprise : le CAP (certificat d'aptitude professionnelle). Pour la classe ouvrière comme pour les employeurs, ce diplôme fait référence, car il conjugue une culture technique liée à une culture générale, une compétence professionnelle directement opératoire, et aussi le sens du travail bien fait, voire l'amour du métier. Dans le monde associatif ouvrier — syndicats et organisations politiques —, une telle conscience professionnelle tend à s'assortir d'une exigence critique sur les conditions de travail propre à nourrir la conquête des droits sociaux. Les valeurs de solidarité sont ainsi assumées dans une mémoire ouvrière capable de résister au laminage idéologique du système économique et des puissances de l'heure. En 1945 sont créées les écoles normales nationales d'apprentissage (ENNA), qui forment les professeurs de l'enseignement professionnel. Nombre d'enseignants sont alors issus de la classe ouvrière et véhiculent une conscience de classe qui les prémunit contre toute confusion entre compétence et allégeance.

De 1945 à 1975, les « Trente Glorieuses » assurent le succès global de l'enseignement professionnel. Simultanément, l'apprentissage dans le cadre de l'entreprise s'affaisse, jusqu'à ne plus représenter en 1975 qu'un cinquième des effectifs de jeunes gens qui préparent un diplôme professionnel.

De profondes mutations vont changer la donne en quelques années. Ce sont d'abord les mutations des techniques — avec notamment l'automation de nombreuses tâches et la révolution informatique. Ce sont ensuite les mutations de la figure du capitalisme — avec l'amorce de la mondialisation et le développement du chômage instrumentalisé pour réduire les coûts salariaux. La culture technique des lycées professionnels est battue en brèche, et relativisée. La création des instituts universitaires de formation des maîtres (IUFM), en 1991, s'accompagne de la disparition des ENNA. Même si la culture technique y fait l'objet d'une révérence en étant proclamée composante officielle de la culture, son identité est ébranlée, comme le sont à la fois les métiers traditionnels et les valeurs de solidarité qui en assuraient la maîtrise humaine. L'unité même de chaque métier tend à disparaître au profit d'une combinatoire variable de « compétences », et le nouveau dogme de la « flexibilité du travail » donne à entendre que c'en est fini des garanties dont s'assortissait la reconnaissance de savoir-faire articulés au sein d'une authentique culture technique, et de métiers codifiés.

Tout ce qui dans l'institution scolaire ne se plie pas immédiatement à cette véritable déconstruction est alors jugé obsolète. On prétend de plus en plus souvent que la responsabilité majeure du chômage tient à l'anachronisme supposé du système scolaire, y compris de l'enseignement professionnel. Celui-ci, jugé encore trop « abstrait » par rapport aux exigences concrètes de la vie économique immédiate, se voit intimer l'ordre de se placer sous la juridiction du monde de l'entreprise. Tendanciellement, la reprise en mains par le monde de l'entreprise des formations professionnelles s'assortit de la remise en cause des acquis de l'enseignement public en la matière. La docilité idéologique est fonction de l'étroitesse des formations « sur le tas », dissimulée par la solution apportée en apparence à l'angoisse du chômage. Il est de plus en plus fréquent qu'à la citoyenneté critique on oppose la valeur supposée de l'esprit citoyen propre à l'entreprise, le concept de citoyenneté perdant au passage son sens spécifique. Les fameuses entreprises « citoyennes » se donnent en ce cas comme des modèles novateurs, artificiellement opposés à l'archaïsme prétendu de l'enseignement public et de la culture générale qu'il s'obstine à promouvoir. La charge réitérée contre les diplômes nationaux, réputés rigides et obsolètes, va de pair avec l'éloge sans mesure de la flexibilité. La recherche du « moins disant » en matière de prétention salariale, facilitée par le chantage à la délocalisation, fait le reste. En plein XXIᵉ siècle sont reconstituées les conditions d'exploitation qui existaient au XIXᵉ. Rattraper par la géographie ce qui avait été perdu par l'histoire est chose aisée dans le contexte de la mondialisation capitaliste. De même, rattraper par la flexibilité ce qui avait été perdu par l'édification des garanties statutaires ne semble pas moins facile. D'où la multiplication des statuts dérogatoires au droit commun, et le sentiment général de précarité qui s'empare de nombreux candidats à l'emploi.

Désespoir et révolte s'inscrivent alors dans la conscience confuse de se trouver dans une impasse. La crise grave de l'enseignement professionnel s'enracine donc dans une conjonction de facteurs qui ont compromis les conquêtes historiques des luttes ouvrières. Il ne semble plus y avoir de place pour une culture technique articulée à une culture générale, et toute volonté de résistance se trouve aussitôt stigmatisée comme conservatisme par les apôtres du nouvel ordre économique mondial. Le résultat ne se fait pas attendre. De façon concomitante, la formation en lycée professionnel s'effondre, et celle que dispense le monde de l'entreprise selon la logique de l'apprentissage sous contrat se développe. En 2000, il concerne un tiers des jeunes gens qui préparent un diplôme professionnel. La mise en cause méthodique des diplômes nationaux s'accentue de façon parallèle, de même que la remise en question des garanties qu'ils représentent.

Les certificats de qualification professionnelle (CQP), apparus dans les années 1980, évacuent toute culture générale, notamment les lettres, les mathématiques, l'histoire, la géographie, la philosophie, réputées bien trop abstraites au regard du pragmatisme des « gagneurs ». D'un même mouvement, ils octroient aux puissances économiques de la société civile la faculté de mettre au point des objectifs de qualification, et leurs procédures de validation propres. Les diplômes nationaux sont menacés de mort. C'est ainsi tout un héritage progressiste, conquis contre les féodalités locales et les groupes de pression, qui se trouve sur la sellette. Le tout sur le fond d'une lancinante rengaine contre les « avantages acquis », l'« assistanat », les « corporatismes », etc. Un personnel « employable » : voilà ce vers quoi tendent certains programmes patronaux concernant l'école. L'« employabilité » n'est en fin de compte qu'une combinaison de compétences vagues, qui garantissent la capacité d'assurer un emploi indéterminé. Cette capacité n'est plus assortie des droits traditionnellement reconnus aux métiers, ou aux qualifications consacrées par des diplômes. L'employabilité n'est pas la qualification, dont la reconnaissance offrait la garantie de réglementations sociales autant que salariales. Annualisation, flexibilité, employabilité sont la panoplie sémantique dont on affuble une nouvelle figure, inédite, de l'esclavage moderne. Ainsi se profile une dérégulation totale. La solitude de chaque employé devant les exigences de son employeur est à la mesure de la destruction des références de la solidarité. Détruire les catégories, les noms de métier, les grilles indiciaires, passe pour du dynamisme dans la théologie du marché. Pendant ce temps, l'annonce des « plans sociaux » et la montée du chômage désespèrent un peu plus, et privent de toute crédibilité un système scolaire qui apparemment ne permet plus d'échapper au chômage. Le paradoxe est qu'il en est rendu responsable tandis que les nouveaux maîtres du monde jouent leur flexibilité dans la classe affaires. Les diverses organisations patronales demandent ouvertement une dérégulation des contrats de travail. On ose alors appeler « État-Providence » la configuration des droits sociaux et du Code du travail qui en leur temps humanisèrent le capitalisme, et réhabiliter simultanément le seul traitement caritatif de la nouvelle misère moderne. À l'horizon, la destruction du Code du travail lui-même semble constituer la prochaine étape d'un capitalisme revenu à ses esprits animaux.

Par ailleurs, le processus de marchandisation de ce qu'on appelle désormais la « prestation scolaire » ne peut qu'accroître une telle dérive. Nico Hirtt a souligné tous les dangers de ce processus, qui revient à traiter le savoir comme un paquet de lessive, et à contester à l'institution scolaire sa raison d'être[2]. De cette manière, le marché prédateur étend sa logique de rentabilisation à la transmission même du savoir, au prix d'une dénaturation complète de celui-ci, et de la dimension émancipatrice d'une culture désintéressée, qui s'efforçait pourtant de désenclaver les hommes des classes sociales et des appartenances.

CHAPITRE IV

LE PROBLÈME DE L'ÉGALITÉ

> « Seule l'école donnait à Jacques et à Pierre ces joies. Et sans doute ce qu'ils aimaient passionnément en elle, c'est ce qu'ils ne trouvaient pas chez eux, où la pauvreté et l'ignorance rendaient la vie plus dure, plus morne, plus refermée sur elle-même ; la misère est une forteresse sans pont-levis. »

> ALBERT CAMUS,
> *Le premier homme.*

Un modèle mis à l'épreuve

« Rendre la raison populaire » : le vœu de Condorcet était de réaliser le rêve des Lumières par son universalisation éducative. Mais une telle universalisation dépend également des conditions sociales. D'où les limites apparentes de sa traduction dans les faits par l'école républicaine, et le soupçon qui en a résulté. Vœu pieux ? Fiction idéologique ? La réflexion requise doit éviter tout diagnostic hâtif et comprendre ce qui, au-delà des limitations dues aux rapports sociaux, tend à mettre l'école en détresse. C'est en prenant la mesure des évolutions récentes, et de la résolution politique qu'elles appellent, que la réflexion peut esquisser l'avenir de l'école.

On ne peut nier la difficulté d'un idéal qui inscrit résolument l'école en rupture avec les tendances presque irrésistibles d'une économie de marché et d'exploitation. La tension paraît alors inévitable entre les ambitions de l'école républicaine et de telles tendances. Faut-il s'attacher à la supprimer ? Le plus mauvais choix serait d'oublier le rôle libérateur d'une telle tension, qui atteste la vivacité d'une exigence de culture et de liberté, tout en faisant de l'école une instance de recours pour les plus démunis.

La difficulté de l'universalisation sociale d'une culture scolaire exigeante avait conduit la Troisième République à mettre en place deux réseaux de scolarisation, le primaire-professionnel et le secondaire-supérieur. On n'a pas manqué de souligner que ce dualisme scolaire tendait à reproduire la hiérarchie sociale, ce qui est en partie vrai. En partie seulement, car malgré les limites qu'il semblait consacrer, et qui lui venaient de la société elle-même, ce système a permis une relative promotion sociale. Il a en même temps contribué de façon décisive à l'instruction du plus grand nombre et, sur ce point, l'école française reste encore un exemple cité dans bien des pays du monde. La fin du dualisme scolaire est sans doute une bonne chose, si elle consacre l'idée que la culture la plus riche doit désormais être accessible effectivement à tous. Elle constitue en revanche une très mauvaise chose, si renonçant à faire progresser la justice sociale on en vient à pratiquer le différencialisme dans les ambitions culturelles de l'école. Le prétexte d'« adaptation » est alors le nom pudique du renoncement. C'est dans un tel contexte que l'acharnement sur un modèle scolaire qui ne demandait qu'à s'universaliser par le progrès social peut produire les effets les plus pervers.

Mise en cause de la raison, ressentiment contre l'institution, mimétisme servile à l'égard de l'économie de marché, semblent aujourd'hui se conjuguer dans la critique de l'école républicaine. Celle-ci, par tout ce qui l'attache encore à ses idéaux fondateurs, fait désormais figure d'exception. Les dérives sociales qui mettent en péril la réalité propre de l'école semblent aujourd'hui d'autant plus menaçantes qu'elles sont relayées, en son sein même, par un discours pédagogiste très systématisé. Sous couvert de réalisme, les bons sentiments invitent l'école à renoncer à ses exigences, la chargent de tous les maux, et la somment de « s'adapter ». Silence est fait sur les causes sociales et économiques de l'inégalité ; par une méprise devenue habituelle, la seule école est rendue responsable des détresses constatées. Fétichisme des nouvelles technologies, confusion de l'information et de la véritable connaissance, relativisme culturel qui enferme chacun dans sa prétendue différence, alibi ressassé des « nouveaux publics » attestent le transfert à la critique de l'école d'aspirations naguère assumées par la critique du système socio-économique. S'en prendre à une institution est sans doute plus « facile », mais c'est au prix d'un étrange aveuglement sur son sens véritable : celui d'une conquête de l'esprit de justice et d'égalité aussi bien que de liberté.

Le rôle de l'école n'est pas de montrer aux élèves ce que le monde ambiant leur montre déjà, mais ce qu'il leur cache. Ainsi la véritable ouverture commence par la suspension, la mise entre parenthèses, des réalités les plus immédiates. Les murs nus de la classe n'ont rien qui sollicite ou agresse le regard. Conviés, pour un temps, à se recueillir en eux-mêmes, quelque insolites que soient le silence et la nudité du lieu, les élèves cessent d'être considérés comme des consommateurs, des proies faciles pour les conditionnements de tous ordres : rendus à la possibilité de mettre à distance, de réfléchir, ils ont enfin, à strictement parler, l'esprit libre.

Et il ne faut pas ironiser sur ce qui, à tort, pourrait être saisi comme une démarche idéaliste — ou irréaliste. Il n'y a pas à enfermer l'élève dans ses provenances et ses soucis. Savoir le considérer comme *esprit*, *puissance de penser*, et pas seulement comme subjectivité enlisée dans ses affects, fait partie du généreux pari de l'école. L'enquête sociologique, psychologique, ou ethnologique, doit avoir pour limite l'invitation faite à chaque petit homme de se transcender, ou plutôt de transcender en lui tout ce qui le rive à ses origines, à son histoire personnelle, voire à la détresse vive du moment. L'attention aux « problèmes psychologiques » ou aux données sociales doit s'ordonner à ce principe de dépassement, qui n'est pas mépris du réel, mais bien plutôt démonstration tonique de liberté. D'ailleurs, passé l'incompréhension liminaire à l'égard de tout ce qui ressemble à une exigence, l'élève sait généralement gré au professeur de refuser la complaisance à cet égard.

Refuser de s'ériger en psychologue, ce n'est donc pas pratiquer la dénégation à l'égard de la réalité des questions psychologiques, mais en appeler à la puissance de libération que découvre en lui tout être humain pour peu du moins que le chemin lui soit indiqué. Dans le même ordre d'idées, ce n'est pas rendre service à un élève que de le noter de façon plus indulgente parce qu'il « a des problèmes » sociaux ou familiaux. Comme citoyen, le professeur militera pour changer la société, et agir ainsi sur les causes sociales de la détresse de certains élèves. Comme professeur, il entend maintenir intégralement les exigences de la discipline qu'il enseigne et la richesse de la culture à laquelle il fait participer ses élèves. Le mélange des genres est en l'occurrence la pire des choses — et produit les effets inverses de ceux qu'étourdiment l'on croit viser : l'élève enfermé dans ses tourments s'y enlise et y aliène graduellement les ressorts de sa liberté. Il devient bien vite un « assisté » affublé d'un nom générique où s'achève la fatalisation des déterminismes : « l'élève à problèmes ».

L'école ne peut pas tout faire ; mais elle peut faire beaucoup, pourvu que son identité soit respectée, et avec elle l'essence propre du travail des professeurs. Les parents, les responsables politiques, les administrateurs, les pouvoirs publics, ont des rôles spécifiques à jouer. Chacun peut assumer en principe son rôle, et les professeurs assumeront sans équivoque celui qui leur est dévolu. La crise de la famille met cependant à l'épreuve cette distribution des responsabilités. Les cadres traditionnels de socialisation vacillent, et l'école, bien souvent, apparaît comme la dernière structure disponible pour suppléer à une déshérence quasi générale. Mais, à supposer que ses attributions soient à redéfinir — ce qui ne va pas de soi —, la fragilisation de son statut institutionnel par une critique sempiternelle qui la charge de tous les maux ne facilite guère une nouvelle fonction éventuelle.

La tension entre l'école et tout ce qui la met en difficulté est quelquefois si vive que ceux qui doivent œuvrer en première ligne — les professeurs et les instituteurs, et non les pédagogues professionnels qui ne font plus la classe — peuvent être saisis par le découragement, voire le repli sur des expédients pédagogiques où sombre l'instruction elle-même.

La question de l'inégalité

L'École, comme institution, est aujourd'hui constamment accusée de faillir à sa mission émancipatrice, et notamment d'aggraver l'inégalité sociale. Qu'en est-il vraiment ? Il faut partir d'un état des lieux et tenter d'en concevoir le diagnostic sans se méprendre sur la nature des causes. Dans le contexte de mutation et d'évolution accélérée qui caractérise nombre de pays aujourd'hui, un tel état des lieux risque de se révéler bien vite dépassé. On retiendra pourtant certaines des données de la France d'aujourd'hui à titre de bilan assez représentatif de tendances de fond. La question de l'inégalité y apparaît avec toute son ampleur, et toute sa complexité.

En 2005, à peu près 63 % d'une classe d'âge atteint le niveau du baccalauréat. Sur environ deux millions deux cent mille élèves qui se rendent au lycée en France, 700 000 vont en lycée professionnel et un peu plus de 1 500 000 en lycée général. On sait par ailleurs qu'au collège 170 000 élèves (10 % des effectifs de quatrième et troisième) suivent une scolarité tourmentée, entrecoupée, en tout état de cause atypique par rapport au cursus ordinaire. Un indice, entre autres, signale la gravité du problème : l'absentéisme concerne en lycée général deux fois plus d'élèves qu'en lycée professionnel.

La ghettoïsation de certaines catégories d'élèves devient aujourd'hui une réalité. L'idée même de mixité sociale est mise à mal. Sur ce point, alors que la lutte contre les ghettos est érigée en cause nationale, on ne peut que mettre en cause l'attitude de nombreuses communes qui entendent refuser l'application de la norme de 20 % de logements sociaux. L'école, à cet égard, subit les tendances lourdes de la vie sociale. Prisonnière des contextes économiques et sociaux locaux elle est invitée implicitement à s'y soumettre. Peut-elle d'ailleurs vraiment agir autrement en l'absence d'une volonté politique qui consisterait à faire d'elle une institution émancipatrice et à lui en donner les moyens ? Elle peut donc être tentée, tout au contraire, de suivre le mouvement en adaptant son offre de formation aux caractéristiques de l'environnement social proche, reproduisant ainsi une ségrégation de fait. Il n'est pas toujours facile de résister à la pression sociale, surtout lorsque des théories incertaines ne cessent d'en appeler à une « adaptation » qui ressemble

bien souvent à une soumission. On peut alors se
méprendre sur le rapport entre l'effet et la cause,
les inverser, et dénoncer sans cesse l'école comme
telle, voire les enseignants, comme le font couramment certains sociologues de l'éducation, au lieu
de faire remonter l'explication à la source réelle
et déterminante en dernière instance. La logique
de l'adaptation de l'offre de formation à la
demande des familles est le fait des administra-
tions scolaires, et on ne peut le leur reprocher sans
se méprendre sur le niveau de décision véritable.
C'est sans doute toute une politique de lutte contre
les inégalités par les leviers culturels et sociaux
qui est requise, bien en amont des structures scolaires locales, qui ne peuvent changer de leur propre chef les termes des problèmes qui se posent à
elles. L'offre de formation ne pourrait être émancipatrice qu'en débordant sans cesse une demande
sociale strictement réglée par des inégalités du
moment. Mais cela, pour ne pas se réduire à un
vœu pieux, requiert à l'évidence une politique
résolue, assortie de tout ce qui permettrait une
véritable mise à niveau des élèves guettés par la
marginalisation et l'échec. C'est dans cet esprit
que pourrait être mise en œuvre une offre accrue
d'encadrement scolaire et culturel, avec notamment la généralisation des études surveillées destinées simultanément au soutien scolaire et à la
compensation, chaque fois que cela est nécessaire,
de mauvaises conditions familiales ou sociales.
On pourrait concevoir, dans le même but, la mise
en place méthodique d'un enseignement person-
nalisé, d'une aide aux devoirs, ainsi que d'une
action multiforme d'encouragement à la lecture et

aux pratiques culturelles. On y reviendra, mais il convient de noter que l'école est bien souvent malade du fait de facteurs sociaux qui ne dépendent pas d'elle, et que son « adaptation » risque fort d'être un renoncement qui nuira aux élèves qui n'ont qu'elle pour réussir. L'esprit républicain nécessiterait donc que les décideurs cessent d'aborder en termes de marché la mise au point de la carte scolaire.

Quant aux élèves, il en existe un certain nombre qui à tort ou à raison se sentent exclus, relégués. On ne peut cependant en surestimer le nombre du seul fait que leurs comportements de rejet sont parfois spectaculaires, et produisent le sentiment d'une crise profonde de toute l'institution. Leur rapport à la langue écrite ou parlée est souvent catastrophique : maîtrisant un vocabulaire réduit à environ 400 mots, ils subissent leur situation sans disposer des moyens de l'analyser et d'y remédier. D'où un refus scolaire violent, fait de désespérance, voire de haine vis-à-vis de tous ceux qu'ils perçoivent comme privilégiés car intégrés sans problème apparent au cursus scolaire. D'où une ambiance qui peut devenir insupportable. L'erreur serait peut-être de ne définir les objectifs et les modalités des réformes à accomplir qu'en prenant en compte cette minorité, comme le font trop souvent certains théoriciens de la réforme pédagogique (voir sur ce point le témoignage remarquable d'un professeur de collège, Michèle Tosel, cité en annexe).

Le baccalauréat, finalité du cursus secondaire, est désormais l'objet d'un doute ravageur concernant son utilité pour accéder à des études supérieures, ou tout simplement pour se mettre en condition d'avoir un emploi. En France, le taux de chômage s'élève à près de 20 % chez les jeunes gens de 16 à 25 ans. Selon les derniers chiffres disponibles, environ 100 000 jeunes gens sortent du système éducatif sans qualification ni diplôme. Selon une étude du CEREQ, 63 % d'entre eux sont issus de parents ouvriers ou employés et 16 % d'entre eux ont un père venu du Maghreb.

L'inégalité sociale, avec ses conséquences culturelles, préexiste à l'école. Elle y produit traditionnellement ses effets. Assurément, lorsqu'il dispose chez lui d'une bibliothèque et d'une pièce de travail, d'objets culturels aisément accessibles, d'une ambiance propice à l'étude, l'élève jouit d'une situation favorable. La diversité de ses pratiques culturelles lui permet de ne pas subir l'addiction des seuls médias, et des mimétismes aliénants qu'ils peuvent susciter. La même remarque vaut pour la maîtrise de la langue et des pratiques culturelles, qui peuvent être secondées par le milieu familial. La possibilité que celui-ci relaie l'école et apporte en cas de besoin son aide chaque fois que cela est nécessaire joue également son rôle. Mais, en principe, une école dispensant un enseignement méthodique, progressif, et structuré ne devrait pas requérir d'intervention familiale. À cet égard, on peut mesurer l'effet catastrophique de théories qui ont abouti à la déstructuration de certains apprentissages scolaires fondamentaux, et à la progression, dans certains contextes, de l'illettrisme souligné par nombre d'analystes.

Quant au niveau d'aspiration professionnel, il tend souvent à se proportionner au niveau d'origine, à la fois par la familiarisation avec certains milieux professionnels et par les mimétismes qu'ils induisent, mais aussi par le volontarisme qui oriente et valorise sélectivement un type d'avenir défini. Toutes choses qui tiennent à la structure de la vie sociale, et dont l'école publique n'affranchit les enfants qu'en proportion de sa force propre : le degré d'importance qui lui est reconnu, comme les moyens dont elle dispose pour donner la culture à ceux qui ne peuvent en hériter sont alors décisifs.

Pierre Bourdieu, naguère, a pu appeler « héritiers » les enfants qui jouissent ainsi de facilités économiques et d'incitations culturelles, et anticipent en quelque sorte dans leur vie quotidienne les éléments d'une culture dont l'école doit assurer la transmission[1]. Reprenant un concept propre à Aristote, il a longuement souligné le rôle des *habitus*, c'est-à-dire des façons d'être cultivées à la fois par osmose et par exercice répété, dans l'acquisition d'une certaine aisance langagière, ainsi que dans une familiarisation anticipée avec certaines œuvres étudiées à l'école. De là à considérer que cette école est « faite » pour les « héritiers », il n'y a qu'un pas, un peu trop vite franchi par le sociologue dans son procès de l'école : le constat effectué pourrait tout aussi bien mettre en cause la différenciation des conditions sociales, et la limite de l'action scolaire au regard d'une telle différenciation.

La théorie qui voit dans l'école un lieu de simple « reproduction » de la hiérarchie sociale s'appuie sur des enquêtes chiffrées, régulièrement publiées depuis quarante ans. Il en ressort que les classes sociales les plus défavorisées économiquement et culturellement sont largement sous-représentées à l'école, alors que les plus favorisées sont quant à elles sur-représentées. Phénomène durable, que les exceptions ne peuvent infirmer, puisqu'on ne peut les mettre en exergue sans se méprendre sur leur représentativité statistique. L'éclatante réussite scolaire d'un fils d'ouvrier ne prouve certes pas la réalité de l'égalité des chances. Mais elle atteste au moins la possibilité d'un cheminement dont la rareté doit elle-même être expliquée. L'idée que la substance de l'enseignement, en raison de ses exigences propres, serait comme telle un obstacle à la réussite doit être écartée, puisqu'en l'occurrence elle n'a pas empêché une telle réussite. Le diagnostic sur les causes de ce qui est constaté ne peut relever d'une démarche qui confondrait indûment l'essence d'une culture et la nature sociale de son appropriation : le théâtre de Racine n'est pas en lui-même destiné aux fameux « héritiers » du seul fait que ceux-ci, pour des raisons socioculturelles, sont mieux en mesure de se l'approprier. L'évidence est que l'école républicaine ne parvient pas totalement à contrebalancer l'ensemble des pesanteurs sociales. Mais la chose est-elle possible ? Ce qui relève d'une intervention sur les conditions sociales d'existence n'est pas du ressort de l'école.

Toute la question, en effet, est de rendre compte d'un tel constat. L'échec *à* l'école est-il l'échec *de* l'école ? Nombre de projets de réforme reposent sur une réponse affirmative dogmatique à cette question. Or il y a là davantage un problème qu'une évidence. Quelle que soit son organisation propre, l'école n'a nullement le pouvoir de maîtriser tous les facteurs de réussite et d'échec des élèves. Sauf à imaginer, comme n'hésitèrent pas à le faire certains révolutionnaires de 1789, une institution scolaire dans laquelle les enfants séjourneraient à plein temps dès leur plus jeune âge et qui, par conséquent, assumerait également toutes les responsabilités éducatives, les données sociales et familiales, qui différencient les situations et les contextes, ne peuvent pas ne pas produire leurs effets. Et ces effets sont en raison inverse de la force comme de l'efficacité de l'institution scolaire. Il n'est pas question d'invoquer ici les dispositions intellectuelles innées, puisque l'intrication de l'inné et de l'acquis dans le développement humain interdit de faire jouer unilatéralement cette référence explicative tant qu'on ne s'assure pas de la maîtrise de tous les autres facteurs de différenciation.

Bref, si l'école, en raison d'une distribution sociale des rôles, n'encadre que partiellement la vie des êtres qu'elle accueille, il est clair qu'elle n'a aucunement la maîtrise de tous les facteurs d'échec ou de réussite. Ce n'est pas en cessant de parler d'Homère ou de Corneille à un enfant de chômeur en situation de « refus scolaire » qu'on lui rendra l'école plus proche, car à l'évidence les causes de la détresse qui tend à le dresser contre l'institution sont d'une tout autre nature. Comparaison n'est pas raison. Mais, toutes proportions gardées, l'état de santé général d'un blessé admis à l'hôpital n'est pas entièrement du ressort de celui-ci, puisqu'il dépend d'un mode de vie et de conditions sociales non maîtrisées par la médecine. L'échec éventuel de la guérison ne sera donc pas imputable au seul hôpital.

Reste évidemment à considérer une variation possible de l'emprise de l'école sur ses propres conditions de réussite. La loi générale rappelée plus haut, qui est celle de l'influence inversement proportionnelle de l'école et des conditions sociales, prend une signification particulière en ce qui concerne la reconnaissance sociale de l'école et le volontarisme politique minimal qu'elle requiert. La « motivation » des élèves dans leur travail et la façon dont ils l'investissent dépendent pour une large part du respect qu'ils éprouvent pour l'institution scolaire, et de la confiance qu'ils ont en son pouvoir d'émancipation culturelle et intellectuelle. Dans un contexte de grave crise sociale, d'angoisse suscitée par le chômage, cette confiance est compromise. Si de surcroît intervient une délégitimation de l'école induite par l'interprétation hâtive des évolutions récentes, l'altération de la confiance ne peut que s'accroître.

L'école n'en est pas moins responsable de tout ce qui dépend d'elle, et notamment de la conception de l'acte d'enseignement au regard des différenciations culturelles qui en conditionnent la réception. Moins l'enseignement joue sur des acquis préscolaires, comme ceux que peut favoriser une ambiance familiale, mieux il assure les chances des plus démunis à cet égard. C'est au fond la double exigence d'élémentarité et d'exhaustivité qui est alors en jeu. D'une part, les éléments les plus simples du savoir à maîtriser doivent être explicitement enseignés, pour que les fondements requis ne soient pas simplement sous-entendus et de ce fait laissés au « hasard » des influences. D'autre part, rien ne doit manquer de ce qui est requis pour cette maîtrise, toute lacune à cet égard nuisant, à l'évidence, à ceux qui n'ont que l'école pour apprendre. Une telle exigence concerne également, pour les mêmes raisons, la richesse des références culturelles et des savoirs enseignés. Si l'école publique, celle qui est ouverte à tous, révise ses ambitions culturelles et intellectuelles à la baisse sous prétexte de se rendre plus accessible, elle entérine là encore des inégalités sociales et culturelles au regard desquelles elle devrait rester un recours. Le choix de promouvoir ce que la société rend inaccessible est évidemment le choix de la difficulté, voire de l'inconfort, puisqu'il peut placer les élèves en situation d'étrangeté par rapport à ce qui est enseigné. Mais l'école n'a pas à s'inscrire dans les limites de ce qui est déjà familier, sauf à nier son propre pouvoir d'émancipation culturelle.

Les mêmes remarques valent également pour l'encadrement matériel et intellectuel des élèves. Des lycées qui ferment leurs portes à 16 heures pour des raisons d'économie — et livrent ainsi les élèves à eux-mêmes — ne permettent guère aux plus démunis de compenser de mauvaises conditions de travail à domicile (manque de livres, de documents, de personnes susceptibles de fournir une aide). Les bibliothèques et centres de documentation des collèges et des lycées seraient sans doute les bienvenus dans pareilles circonstances. Il en est de même des études surveillées avec aide individualisée pour le travail personnel, qu'il serait possible de confier à des étudiants pour leur permettre ainsi d'échapper eux-mêmes à la précarité. Mais la mystification serait bien sûr de faire un jeu de vases communicants, consistant à alléger et à appauvrir les heures de cours pour créer cette aide individualisée. La démagogie du « lycée light », quel qu'en soit l'habillage pédagogique flatteur, lèse à l'évidence ceux qui n'ont pas d'autre ressource que l'institution scolaire pour s'instruire.

Il est donc clair que l'échec à l'école n'est pas nécessairement l'échec de l'école. Le tout est d'attribuer à l'institution les moyens d'assumer son rôle, de concevoir et de dispenser l'instruction de façon optimale, et d'étendre le champ de son intervention autant qu'il est possible pour compenser l'inégalité des conditions sociales et familiales, tout en sachant les limites d'une telle compensation.

Massification, démocratisation,
diversification

Les mots ont parfois des frontières floues. D'où un effort nécessaire pour en préciser le sens au-delà des controverses les plus courantes. Ce qu'on appelle la « massification du système scolaire » correspond à la croissance du taux de scolarisation d'une même classe d'âge. Aujourd'hui en France, les écoles, collèges et lycées publics ou privés accueillent plus de douze millions et demi d'élèves. En 1998, plus de 6 650 000 élèves fréquentent les 60 732 établissements de premier degré (« écoles primaires »), 5 730 000 les établissements de second degré (6 893 collèges, 1 842 lycées professionnels, 2 667 lycées polyvalents — c'est-à-dire d'enseignement général et technologique). On compte au même moment 325 000 instituteurs et 501 000 professeurs pour dispenser la classe à ces élèves ; 93 % d'une génération accède aujourd'hui au niveau du BEP ou du CAP (niveau de la classe de seconde des lycées) ; 68 % d'une classe d'âge parvient au niveau du baccalauréat en 1997 (contre seulement 34 % en 1981). Ces données brutes marquent l'ampleur de la scolarisation actuelle, et permettent de saisir à la fois la difficulté qu'elle implique pour les responsables de l'école, et l'enjeu de toute mutation de la conception de l'enseignement ou de son organisation.

La croissance du taux de scolarisation ne représente un réel progrès que si elle ne s'accompagne pas d'un appauvrissement de l'enseignement dispensé à tous. Rien ne permet en réalité d'attacher à la massification une révision à la baisse des ambitions intellectuelles de l'enseignement, sauf à considérer que les enfants nouvellement scolarisés des couches populaires ne sont pas dignes, ou pas capables, du meilleur. La variante sociologique de cette dernière hypothèse consiste à stipuler que la culture scolaire traditionnelle est une « culture de classe » qui serait par essence hétérogène à l'univers mental de certains élèves. Une telle allégation, on l'a vu, confond sans autre forme de procès l'essence supposée d'une culture et la nature de son appropriation sociale. Elle produit sur le patrimoine que l'école doit transmettre un grave effet de délégitimation, qui retentit de façon négative autant sur la volonté d'instruire des maîtres que sur la motivation à apprendre des élèves.

La massification est effectivement une démocratisation si elle permet à de nouvelles couches sociales de bénéficier d'une instruction riche et exigeante. À parler rigoureusement, ce n'est donc pas tant l'école qu'il s'agit de démocratiser que les conditions d'accès à l'école. L'expression « démocratisation de l'enseignement » reste à cet égard très ambiguë. Le théorème de Pythagore, les romans de Stendhal, le théâtre de Molière n'ont pas à être « démocratisés » pour devenir « accessibles », pas plus que les lois de la physique ne peuvent être simplifiées pour que leur enseignement soit plus aisé.

Autre thème ambigu dans son sens et sa portée : celui de la nécessaire diversification de l'enseignement dans le contexte de la « massification ». L'idée d'une diversité des voies d'accomplissement — et des types d'excellence — n'a pas à se trouver solidarisée de la massification, si du moins on la considère comme indépendante de l'inégalité sociale. Dans un système scolaire juste, les orientations ne devraient s'ordonner qu'à la distribution effective des talents et des mérites, et partant des différentes formes d'excellence. Un fils de cadre supérieur doit pouvoir s'orienter vers un CAP de menuisier-ébéniste, et un fils d'ouvrier spécialisé vers l'École nationale d'administration. Idéal régulateur qui peut paraître un vœu pieux si l'on prend son parti des inégalités, mais qui incite à délier diversité des choix professionnels et hiérarchie sociale. Suggérer que la démocratisation de l'accès à l'école accroît l'exigence de diversification est en l'occurrence lourd de présupposés : on semble lier les formes d'excellence qu'il s'agirait ainsi de promouvoir à certaines catégories sociales.

La difficulté est de « défataliser » la ventilation des niveaux d'aspiration comme des modes d'accomplissement. Pour que le choix d'un métier n'obéisse qu'à l'intérêt authentiquement éprouvé pour lui, il ne doit pas être faussé par la hiérarchie de la considération sociale. Celle-ci doit donc être contestée en ce qu'elle établit des valorisations comparées de nature idéologique : la hiérarchie du travail manuel et du travail intellectuel mais aussi la reconnaissance insuffisante de l'activité technique et du type de savoir qu'elle requiert en sont des exemples significatifs.

La désespérance d'une école appauvrie

Préoccupante, la régression du niveau de maîtrise de l'écrit frappe tout particulièrement les élèves issus de l'émigration, et nourrit le refus scolaire. L'encadrement accru de tels élèves, notamment par un soutien scolaire méthodique, assuré par l'école publique, est à l'évidence une nécessité pour la plénitude de l'intégration comme pour la crédibilité de l'école.

La mise en cause de l'école et sa critique perpétuelle ont trop fréquemment abouti à décourager la volonté d'instruire. Quant aux réformes pédagogiques qui prétendaient démocratiser l'enseignement, elles n'ont fait le plus souvent, semble-t-il, que l'appauvrir ou en compromettre la

progression logique. Beaucoup déplorent la façon
dont en fin de compte l'enseignement s'allège ou
se déstructure, notamment dans certaines écoles
primaires. Les méthodes d'apprentissage de la
lecture, de l'écriture et du calcul provoquent de
manière répétée ce qui peut ressembler à une
catastrophe. Les élèves sont de plus en plus perdus, et souffrent en silence. Les uns s'enferment
dans leur ignorance et la tristesse. D'autres se
révoltent à leur façon : par le refus scolaire et la
dérision. Les parents se désespèrent d'une telle
situation et finissent par apprendre à lire et écrire
à leurs enfants, quand ils le peuvent. Le recours à
un soutien scolaire payant se généralise, notamment au collège. Trop d'élèves qui arrivent en
sixième de collège sont ignorants des bases mêmes
de la grammaire et de la syntaxe. Il leur est très
difficile de comprendre les textes littéraires pro-
posés en cours de français ou même les énoncés
des problèmes de mathématiques. Nombreux sont
ceux qui ne savent pas ce que sont un sujet, un
verbe, un complément, un adjectif ou méconnais-
sent les opérations élémentaires du calcul, qu'il
s'agisse de la multiplication ou de la division.
Comment travailler dans de telles conditions ?
Mission impossible pour l'élève comme pour le
maître, si du moins son souci est d'assumer les
exigences propres au niveau d'enseignement
concerné. Beaucoup de professeurs de collège
souffrent eux aussi, en silence, ou dans le découragement exprimé *mezzo voce*, car leur conscience
leur fait un devoir de ne pas dénigrer l'école. L'uto-
pie militante de l'émancipation par la culture,
entrant en écho avec l'émancipation sociale, tend

à céder la place à la résignation. Et le vocabulaire officiel congédie de plus en plus la référence à la fonction — si essentielle pourtant à l'esprit républicain authentique — au profit d'un métier lui-même décomposé en séquences mécaniques standardisées. L'école est devenue malade non de la vraie pédagogie mais de la « réformite » pédagogiste instrumentée par des spécialistes de « sciences de l'éducation » qui ont déserté depuis longtemps les classes et assènent leur conceptualité orgueilleuse à ce qu'ils appellent les « hommes de terrain ».

On assiste graduellement à une déculturation des jeunes gens quittant l'école sans bagage structuré et cela commence à se faire sentir dans le monde du travail si on en croit de nombreux témoignages d'employeurs restés attachés pour leur part à l'idée que l'école doit d'abord et avant tout donner la maîtrise des connaissances fondamentales, et une culture générale propre à favoriser des adaptations dynamiques. Natacha Polony souligne cette dérive dans son ouvrage *Nos enfants gâchés*, où elle déplore à juste titre le risque grave d'une « dilapidation d'héritage[2] ».

La dérive différencialiste

Comment comprendre les orientations de réformes censées ajuster l'école à la « nouvelle donne » sociale et y faire ainsi cesser les tensions conflictuelles ? Il est suggéré aux professeurs, en fait, de renoncer à demander trop d'efforts aux élèves, et d'adapter leur enseignement de telle façon que soit évitée toute attitude de révolte ou de rejet. Dans un contexte social de précarité tel que celui qui a été évoqué plus haut, la posture de rejet tend à surgir chaque fois qu'un élève se trouve devant une difficulté à ses yeux insurmontable. Le dénigrement ambiant de l'école et le peu de respect dont elle semble jouir désormais favorisent une telle attitude et la rendent de plus en plus fréquente. Ainsi est induite une disposition négative durable qui tendra à se manifester dès que l'élève éprouvera une nouvelle difficulté. Cercle vicieux du refus scolaire, hâtivement attribué à l'école elle-même.

La question est de savoir si une politique de repli des exigences peut vraiment aider les élèves en difficulté. Renoncer par exemple à la dissertation écrite en lettres ou en philosophie dans les classes où le « niveau » des élèves en rendrait aléatoire, voire improbable, la réalisation effective, n'est-ce pas entériner une inégalité en abandonnant la visée qui au contraire permettrait au moins de la réduire ? On peut toujours changer de thermomètre pour que la mesure de la fièvre soit moins alarmante, mais la réalité de la fièvre n'en persistera pas moins au niveau objectif qui est le sien. Et puisque le phénomène en jeu est celui d'une dynamique négative, il n'y a nulle raison de s'arrêter sur une ligne de repli définie.

On peut bien par exemple substituer à l'exercice ordonné de réflexion personnelle qu'est la dissertation écrite un questionnaire aux interrogations très « ciblées », dont les réponses attendues font davantage appel à la mémoire et à des connaissances toutes faites qu'à l'inventivité critique d'une pensée en acte à propos d'un sujet singulier.

Facilité plus grande ? En apparence, oui. Mais, à y réfléchir, rien n'est moins sûr. Ce ne sont plus les mêmes capacités que permet d'évaluer le nouvel exercice. Il n'y a donc pas de sens à comparer ce qui n'est pas vraiment comparable. Est-il plus « facile » de retenir des connaissances toutes faites que de développer une réflexion originale requise par la singularité d'un sujet de réflexion ? Peut-être. Pourtant, le développement de l'intelligence critique et réflexive n'est-il pas plus proche, dans son esprit, de la deuxième démarche que de la première ? L'abandon d'un exercice qui n'est « difficile » qu'en raison d'une exigence formatrice essentielle serait en l'occurrence lourd de conséquences pour ceux dont la culture dépend de la seule école. Il est douteux par ailleurs qu'un tel repli évite davantage le rejet scolaire. Ce serait supposer qu'un élève en difficulté trouverait plus d'intérêt dans un exercice de mémorisation que dans un exercice de réflexion personnelle, et pourrait ainsi mieux « réussir »...

En réalité, ce n'est pas un tel repli qui réconcilierait l'élève avec l'école. En premier lieu, parce que les causes du refus scolaire sont, on l'a vu, d'une autre nature. En second lieu, parce qu'un tel mimétisme à l'égard d'une image qui enferme l'élève dans sa différence supposée ne peut pas ne pas être ressenti comme humiliant, et susciter à terme une vive réaction de rejet. Tel est le cas d'élèves des sections techniques des lycées, qui seraient réputés « non conceptuels », et qu'on priverait en conséquence d'exercices proprement philosophiques pour se conformer à l'image que l'on s'obstine à avoir d'eux, et qu'eux-mêmes peut-être ont intériorisée au point de se méfier *a priori* d'un enseignement « trop abstrait », c'est-à-dire fait pour « d'autres ». Il est vrai que le niveau de langue et de culture dans lequel beaucoup se retrouvent souvent peut sembler d'emblée décourageant. Mais le fait qu'un enseignement les crédite malgré tout de capacités dont ils se déclarent eux-mêmes dépourvus, assorti des médiations pédagogiques adéquates, restaure la confiance et engage sur le chemin d'une réussite d'abord insoupçonnée.

En réalité, il n'est guère possible de définir ce que « sont » les élèves sans se régler pour cela sur le point où ils en sont, à un moment déterminé de leur parcours. Qui ne voit dès lors le caractère tout relatif d'une telle référence, et le risque pris ainsi de figer des élèves en devenir, en les enchaînant à une situation pourtant provisoire ? Sous prétexte de prendre l'élève en difficulté là où il se trouve, on risque à l'évidence de l'y laisser. Comme le système scolaire public ne peut décréter l'élision de la culture la plus exigeante sans se priver du même coup de ceux qui visent l'excellence, le risque est bien celui d'une école à deux vitesses, qui intérioriserait la fracture sociale en la redoublant par une fracture intellectuelle et culturelle. L'« adaptation au terrain » peut conduire à une sous-culture scolaire en phase avec les zones géographiques de sous-emploi. Le philosophe André Tosel souligne ce danger dans les termes suivants : « Les consommateurs les moins solvables, les moins aptes à identifier, à s'approprier les biens de valeur, seraient fournis en biens minimaux au moindre coût et ils n'auraient plus à se révolter contre une école trop exigeante : à chacun selon ses moyens, et donc à chacun d'accepter le statut social que ces moyens définissent en se plaçant lui-même dans le bassin social où il se trouve[3]. » Ainsi, l'individualisation dite démocratique de la relation pédagogique peut fort bien couvrir un apartheid culturel et scolaire. L'« école libératrice » céderait la place à l'école soumise à la mondialisation du marché, en se réglant sur ses effets tenus pour indépassables. André Tosel à nouveau : « La différenciation pédagogique risque de s'ériger en mimèsis des processus d'une différenciation sociale gangrenée par l'accumulation grandissante des inégalités réelles[4]. »

Le différencialisme qui abandonne certains élèves à l'emprise de situations davantage subies que choisies ne se distingue pas toujours d'une doctrine du mépris, puisqu'il aboutit à proportionner l'offre scolaire de culture à une situation sociale dont traditionnellement, selon l'idéal de justice, il s'agissait de s'affranchir. En considérant les nouvelles révoltes qu'elle peut susciter, on peut se demander si une telle doctrine ne se révélera pas finalement moins « réaliste » que le maintien d'exigences authentiquement libératrices, assorti bien sûr de toutes les mesures sociales, culturelles et scolaires qui permettraient de les assumer de façon plus crédible que dans les conditions souvent intenables auxquelles a conduit la crise actuelle.

Une crise nouvelle

Les facteurs sociaux traditionnels de l'inégalité devant l'école se sont aggravés avec la mondialisation de l'économie, le démantèlement graduel des régulations sociales du capitalisme, la contraction durable de l'emploi, la crise de la famille, et la destruction tendancielle des structures d'intégration à la communauté sociopolitique. La culture républicaine de la citoyenneté est aujourd'hui mise à mal par les dérives d'une « horreur économique » qui brise la relative adéquation de jadis entre le marché du travail et les orientations possibles à l'issue du cursus scolaire. Le chômage est devenu presque structurel dans le cadre d'une course effrénée à la compétitivité capitaliste : l'affectation exclusive des gains de productivité à la réduction des coûts et à l'augmentation des marges bénéficiaires conduit à des plans de licenciement massif et à la perte de crédibilité de nombreuses perspectives professionnelles.

D'où des perceptions contradictoires de l'école, injustement tenue pour responsable d'un certain chômage par inadéquation supposée des formations dispensées, et de plus en plus considérée comme impuissante à fournir un avenir crédible quelles que soient ses évolutions. Appréhension fréquente chez ceux qui se sentent exclus par l'institution parce qu'ils se vivent déjà exclus par les conditions sociales, et se tournent vers une marginalité de référence, tenue pour identité substitutive. Pour l'immigration, plus touchée encore, la marginalité débouche bien souvent sur un repli communautariste qui déjoue et défie l'intégration républicaine après avoir constaté son échec pour cause d'exclusion économique et sociale.

Dans un tel contexte, les valeurs civiques vacillent, et l'idéal des Lumières qui sous-tend l'école publique et laïque est tourné en dérision, tant la promesse d'émancipation qu'il portait semble sonner faux au regard de la détresse sociale et de la crise du sens qui en résulte. Le bouleversement de la vie sociale est tel qu'il fait presque paraître comme un privilège le simple fait de disposer d'un travail, fût-il assorti de la pire exploitation. « Privilège » en comparaison des nouvelles figures sociales de la misère moderne que représentent tous les « sans » : les sans-travail, les sans-domicile-fixe, les sans-papiers, etc.

L'école est de plus en plus touchée par les conflits et les violences qui déchirent le tissu social, et sa mission semble davantage compromise par les conditions qui lui sont faites que par sa nature intrinsèque. Seul un courage politique à toute épreuve, soutenant sa mission critique et libératrice par des moyens adéquats et une résolution sans cesse manifestée de la promouvoir, lui permettrait de produire ses effets traditionnels d'émancipation intellectuelle et de promotion sociale. Mais le ralliement généralisé de la plupart des politiques à l'impérieuse loi du marché s'assortit du seul souci d'étouffer les conflits et de soumettre toujours plus l'institution à la société du moment.

La « convivialité » — art de vivre ensemble sans tension — prend la place de la conscience critique dans les finalités avouées de l'institution. L'idée même que l'autonomie de l'école par rapport à la société civile est la condition de son rôle culturel et libérateur semble perdue de vue par ceux-là mêmes qui devraient cependant avoir à cœur de la défendre, en se souvenant qu'elle fut arrachée aux forces sociales rétrogrades.

Le transfert aux responsables du système éducatif (proviseurs et inspecteurs) du modèle du « chef d'entreprise », du « manager », ne présage rien de bon quant aux évolutions à venir. Non que ce modèle ne soit pas pertinent dans son ordre, notamment s'il s'agit simplement d'en appeler à une gestion rigoureuse des moyens. Mais une telle exigence, évidemment légitime d'un point de vue républicain, n'appelle pas nécessairement la référence à un tel modèle. Celui-ci est certainement déplacé là où il ne s'agit ni de produire ni de vendre, mais de donner le meilleur de la culture à l'ensemble des hommes. C'est d'ailleurs tout le vocabulaire de l'institution républicaine qui est mis en cause : l'idée de fonction, par exemple, tend à s'effacer derrière celle de métier, qui n'a certes rien de dépréciatif, mais gomme le rapport essentiel à une légitimité détenue de l'État républicain lui-même. Ce dernier, en effet, confie à ceux qui le représentent une tâche irréductible à un métier, puisqu'elle relève des institutions fondamentales de la République, et des valeurs qui lui sont liées. S'attachent à la *fonction* des exigences mais aussi des franchises reconnues : servir l'État et à travers lui la Cité tout entière, ce n'est pas se soumettre à un gouvernement ni céder aux pressions de la société civile.

L'importation dans le système scolaire du discours et de la logique de la production mercantile tend à pervertir l'ensemble de ses références. Les proviseurs des lycées et les directeurs des collèges sont invités explicitement à se considérer eux-mêmes comme des dirigeants d'entreprise, au mépris de la déontologie des fonctionnaires de la République qu'ils doivent pourtant continuer à être. Les exigences propres des disciplines d'enseignement sont désormais assujetties au « projet » global de l'établissement, et l'autorité de compétence est de plus en plus soumise à l'autorité administrative, alors que son indépendance naguère reconnue était la garantie de la qualité des programmes d'enseignement comme de la possibilité pour les enseignants de remplir leur fonction à l'abri des pressions et des censures.

Comme le fait remarquer André Tosel dans son article déjà cité, un tel processus conduit à détruire ce qui assurait l'indépendance relative de l'école et, partant, son caractère de recours pour les plus démunis : « C'est ainsi que l'Inspection générale qui traditionnellement veillait à la qualité des programmes se trouve mise en quasi-extinction au profit de pédagogues, promus au rang de guérisseurs de la fracture sociale divisant l'appareil scolaire. C'est ainsi que le langage de la mission du service public d'instruction est remplacé par le discours d'un prestataire de services à des consommateurs dont il faut déchiffrer la demande, voire la formuler à leur place. On transforme le service public en entreprise privatisable[5]. »

Comme l'ont souligné les analyses proposées, l'échec *à* l'école n'est pas nécessairement l'échec *de* l'école. Le maniement continuel de cette confusion s'articule à une erreur de diagnostic, et participe en fin de compte, on l'a vu, à une nouvelle forme de conformisme social.

L'amalgame de l'élève et de l'enfant sur le plan éducatif, de l'élève et de l'adulte sur le plan des « droits », brouille la définition du rôle de l'école. On le constate particulièrement avec le thème ambigu de la « citoyenneté lycéenne », qui présuppose comme donné d'emblée ce que l'école a pour mission de faire advenir. L'imbroglio est à son comble quand l'orientation de la politique scolaire confère simultanément à l'élève deux statuts bien difficiles à accorder : celui d'un enfant considéré comme relevant de l'emprise familiale, et celui d'un sujet juridique autonome.

Par ailleurs, l'assimilation de l'école à un modèle réduit de société, assortie des thèses correspondantes concernant la dimension éducative des pratiques qui s'y déroulent, tend à méconnaître, voire à compromettre, la spécificité de sa fonction et des conditions qu'elle requiert. Elle se solidarise avec d'autres représentations fausses, comme celle qui assimile l'exigence d'un savoir rigoureux à une violence, ou celle qui amalgame l'institution scolaire à une instance de domination, oppressive par essence.

Quant à la réussite plus affirmée à l'école des enfants socialement favorisés, elle ne signifie pas que celle-ci est faite pour eux, mais qu'elle n'a pas tout simplement, quels que soient les ajustements pédagogiques auxquels elle procède, le pouvoir de supprimer tous les effets de l'inégalité sociale.

Constat réaliste, qui invalide les vains procès, et situe les registres de responsabilité là où ils doivent l'être. Parler de la violence de l'école en se référant à ses exigences, c'est fausser d'emblée le diagnostic. Et il se pourrait bien qu'à force de relativiser, voire de délégitimer, de telles exigences, on exerce sur l'école elle-même une authentique violence, en la sapant de l'intérieur. L'École sera-t-elle la seule institution à se voir refuser le droit de faire valoir des exigences minimales, propres à assurer son fonctionnement ? La question mérite d'être posée, qui invite à rappeler le sens et les enjeux de la laïcité scolaire.

CHAPITRE V

L'EXIGENCE LAÏQUE

> « La puissance publique ne doit imposer aucune croyance. »
>
> CONDORCET,
> *Mémoire sur l'instruction publique.*

La laïcité de l'école

À l'école, le respect de la liberté de conscience et celui de la sphère privée se traduisent par le souci de développer l'éducation à la liberté, notamment par la connaissance raisonnée et la culture universelle, conditions de l'autonomie de jugement. Nul conditionnement, religieux ou idéologique, n'y est légitime.

L'école publique, école de tous, est dévolue à l'universel, et doit se donner les conditions qui lui permettent de remplir son rôle. Accueillant des jeunes gens dont la plupart ne sont pas encore sujets de droits, mais requièrent cette sorte de respect qui rend possible l'accomplissement des plus riches potentialités, elle ne les enferme pas dans des groupes auxquels ils seraient censés appartenir. Cette consécration de la différence menacerait

en effet son rôle émancipateur. Cela ne signifie pas
que l'affirmation de la différence soit absolument
impossible. Plus précisément, cela nécessite que
la modalité d'une telle affirmation reste compatible avec la loi commune, et n'atteste aucune
aliénation première, comme dans le cas où des
familles entendent manifester dans l'école leur
particularisme, en instrumentalisant les enfants
ainsi réduits à des « membres » d'un groupe particulier, sans libre arbitre personnel.

La distinction de la sphère privée et de la sphère
publique est ici décisive. Elle évite la confusion
entre des lieux et des régimes d'affirmation des
« différences » afin de préserver simultanément le
libre choix d'une option éthique ou spirituelle, et
la sérénité de l'espace scolaire ouvert à tous. Cet
espace est aussi — et surtout — ouvert à la culture
émancipatrice qui met à distance tout particularisme, ne serait-ce que pour mieux le comprendre
en le resituant dans un horizon d'universalité, et
en susciter ainsi un mode d'affirmation non fanatique. De ce point de vue, c'est une erreur grave
de considérer l'école comme un lieu banal, où
pourrait prévaloir le même régime d'affirmation
des libertés que dans la société civile. L'école
remplit une fonction propre : élever l'homme dans
l'enfant, faire advenir le citoyen éclairé par une
instruction protégée des tutelles cléricales ou
idéologiques. Elle accueille des êtres le plus souvent mineurs, vulnérables, et se doit donc de préserver les conditions de leur développement autonome comme de leur progrès dans l'appropriation
de la culture universelle. C'est pourquoi il ne saurait y avoir de dissymétrie dans les exigences que

doivent respecter les élèves et les enseignants. Les enseignants ne sont pas de simples prestataires de services. Et les élèves ne sont ni de simples consommateurs ni des « usagers » au sens strict.

On ne peut laisser croire que la citoyenneté préexiste au processus de sa formation, ni que la liberté de choisir ses références propres et de les manifester peut précéder l'émancipation éducative et intellectuelle qui la rend vraiment possible. Tel est un des points aveugles de l'avis du Conseil d'État, et de la loi d'orientation de 1989, qui ont conduit à lever pour les élèves une exigence de retenue maintenue pour les enseignants. Il n'est pas bon de faire croire que la liberté peut aller sans exigence, et de privilégier ainsi un spontanéisme qui d'ailleurs peut recouvrir des conditionnements occultes, comme on l'a vu dans certaines affaires de foulard islamique, où les jeunes filles sommées de porter le voile étaient tout sauf libres de le faire.

La laïcité suppose que l'État ne se confonde pas avec la société civile, et qu'il soit suffisamment autonome par rapport à elle pour assumer sa mission propre de promotion de l'intérêt général et du bien public. C'est dire que nul intérêt particulier, nulle option spirituelle, ne doit donner lieu à reconnaissance ou à privilège. Juridiquement, l'espace public met en jeu l'ensemble du peuple, et de la nation qui le constitue en communauté de droit. Il ne peut donc avoir d'autre référence que ce qui est partagé universellement ; il s'affirme ainsi comme espace civique, champ d'exercice de la citoyenneté. L'espace privé, en revanche, concerne la liberté des individus et des associations particulières, librement constituées, et soucieuses de ne pas s'annexer la loi commune à tous. L'indépendance de ces deux sphères est garantie par la séparation laïque : l'État s'interdit d'imposer ou de privilégier une croyance particulière, car il incarne l'unité de la communauté de droit, de la cité politique, dont il promeut et illustre les valeurs fondatrices. Dans le cadre d'une telle séparation, l'État laïque doit donc délimiter le champ d'intervention de la législation, champ qui peut varier selon les domaines d'application. Si la protection des libertés de conscience, d'expression, l'égalité de principe des options spirituelles requièrent l'abstention de l'État, l'affirmation de l'idéal universaliste de la laïcité s'impose à lui face aux prétentions communautaristes des groupes de pression.

Pour la laïcité aucune option spirituelle ne peut avoir raison contre toutes les autres. Mais il ne s'agit pas pour autant de sombrer dans le relativisme : les valeurs de la laïcité relèvent d'une haute idée de l'homme et de l'organisation politique, puisqu'il s'agit d'unir sans contraindre, d'émanciper les individus afin que, maîtres de leurs pensées, ils puissent également l'être de choisir entre l'une des trois principales références spirituelles : religion, athéisme, ou agnosticisme. En ce sens, la laïcité transcende chacune des options spirituelles, qu'elle invite à s'inscrire dans le dialogue des consciences et des idéaux. Ce n'est pas la laïcité qui doit être ouverte ou plurielle, mais la sphère spirituelle et philosophique dont elle rend possible l'existence apaisée en développant l'exigence de raison et d'esprit critique, le goût de la vérité et le souci de l'universel. Ainsi s'accomplit l'idée de

l'égalité des hommes dans la participation à l'élaboration d'un monde commun à tous, sans discrimination fondée sur la religion, l'origine, la classe
ou la coutume.

Les vertus de la distance

Une école immergée dans le monde social,
ouverte à tous les vents de l'opinion et à ses
conflits, voire livrée aux groupes de pression, ne
serait bientôt plus que l'ombre d'elle-même. Singulière « ouverture », qui scellerait un principe
effectif de clôture, en enchaînant le lieu de l'émancipation du jugement aux obédiences et aux clé-
ricalismes de toutes sortes, comme aux limites de
la réalité immédiate. Si l'école n'est pas et ne peut
être un sanctuaire totalement isolé de la société,
elle peut légitimement prétendre, en raison même
du rôle qui lui est reconnu, à une séparation
de principe propre à lui assurer les conditions de
mise en œuvre de sa tâche.

On peut d'ailleurs remarquer que dans la société
civile elle-même le principe d'une telle autonomie
et des règles qui lui sont liées est admis pour les
différentes activités qui s'y déploient : les succur-
sales bancaires, les magasins, les bureaux de services ne laissent pas le champ libre aux emprises
confessionnelles et idéologiques et savent se préserver de tout ce qui perturberait l'accomplissement de leurs tâches. Il serait étrange et paradoxal
que l'école publique soit la seule à devoir subir
l'envahissement de telles emprises, et des troubles
que cela ne manquerait pas de susciter. L'école

publique n'est pas la place publique, mais le lieu
où les hommes apprennent d'abord ce qui peut
leur être commun. Et ils ne sont pas en mesure
de le faire si le cadre prévu à cette fin est dévolu
au règne des différences. Les créditer démagogi-
quement d'une puissance autonome de jugement
préexistant au processus de culture qui doit la
construire est alors une illusion dangereuse. C'est
pourquoi l'on risque d'hypothéquer l'exigence de
distance et de raison, en invitant les opinions et
les préjugés de l'heure à s'installer dans l'école, à
s'y cristalliser.

La banalisation du lieu scolaire, par le refus de
la séparation minimale qui la préserve des tutelles
et des pressions, reviendrait à méconnaître le
fait qu'elle réunit des enfants et des adolescents
mineurs pour la plupart, donc plus vulnérables
que les adultes de la société civile. Le sens et la
portée des tensions et des débats qui traversent
cette dernière ne peuvent être les mêmes pour des
êtres encore fragiles, en cours de formation. La
méconnaissance de cette différence a conduit
par exemple à concevoir l'idée de « citoyenneté
lycéenne ». Référence ambiguë, car elle semble
présupposer que le citoyen préexiste au processus
qui doit le faire advenir, c'est-à-dire lui permettre
d'exercer un jour sa citoyenneté de façon éclairée.

Cette exigence de distance, d'indépendance
minimale de l'école, est solidaire de la laïcité. En
république, l'unité du peuple (en grec, le *laos*) ne
peut se fonder que sur le double principe de la
liberté de conscience et de l'égalité des citoyens,
quelles que soient leurs options spirituelles respectives. D'où la nécessaire séparation des institutions

publiques et des églises, gage de l'universalité des références communes. L'école publique échappe d'autant moins à la règle de la séparation de principe que s'accomplit en elle et par elle la formation du jugement autonome des futurs citoyens. Son impartialité confessionnelle va de pair avec la promotion résolue d'une culture exigeante, susceptible de fonder cette autonomie, comme de l'éclairer par le souci de vérité. La laïcité scolaire consiste donc à préserver les conditions de la liberté et de l'indépendance des futurs citoyens, en tenant à l'écart les obédiences confessionnelles et idéologiques. Elle est promotion active de ce qui rapproche les hommes sans les lier.

Dans une telle perspective, il ne suffit pas que les élèves disposent de savoirs : il faut également qu'ils apprennent à discerner ce qui, en eux-mêmes, relève de la croyance, et ce qui est de l'ordre de la connaissance. Cette lucidité est essentielle pour la tolérance, en ce qu'elle permet d'identifier ce qui peut avoir valeur universelle, et ce qui reste lié à la particularité d'un individu ou d'un groupe d'individus. Cette conscience critique et réflexive n'est l'objet d'aucune discipline spécifique : elle doit résulter d'une instruction raisonnée, soucieuse d'expliciter les raisons et les fondements des connaissances. La liberté de conscience ne peut se réduire au fait d'admettre n'importe quoi. Toutes les idées ne se valent pas, et l'école laïque ne désarme pas le jugement critique par un relativisme sans rivage hâtivement confondu avec la liberté ou l'égalité.

L'école laïque a égard au vrai, au savoir désintéressé, mais aussi aux principes universels du droit qui fondent la république démocratique. Elle ne peut compromettre sa fonction en privilégiant une obédience religieuse ou une approche religieuse, pas plus qu'elle ne peut laisser s'installer une emprise idéologique en elle. La démarche d'enseignement finalisée par le souci de vérité ne peut être confondue avec une démarche partisane liée à une orientation confessionnelle. Cette distance de l'école à l'égard de la société civile n'est donc pas en elle-même une option parmi d'autres, mais la matérialisation institutionnelle de la nécessité d'assurer à l'enseignement son indépendance — ou du moins son autonomie — en se mettant hors de portée des groupes d'influence qui entendraient la censurer.

L'exemple des États-Unis d'Amérique aujourd'hui, de la France cléricale d'hier, rappelle ce à quoi la laïcité de l'école permet d'échapper. En 1984, des obédiences protestantes américaines très influentes au sein de la société civile sont parvenues à entraver l'enseignement de la biologie dans certaines écoles, notamment d'Arkansas, sous prétexte que leurs croyances étaient bafouées par les théories scientifiques de Darwin. En France, quand le système d'enseignement était sous tutelle confessionnelle, les auteurs qui figuraient dans l'*Index librorum prohibitorum* (liste des livres interdits par l'Église) n'avaient pas droit de cité dans les classes. Molière, auteur de *Tartuffe*, et Baudelaire, entre autres, firent l'objet de cet ostracisme.

L'école laïque hérite en un sens de toutes les conquêtes de l'esprit de liberté, en faisant droit, au sein de la culture qu'elle transmet, aux auteurs, aux savants, et aux artistes qui témoignent de l'ensemble du génie humain. Science, poésie, roman, philosophie, peinture s'y expriment délivrés des censures inquiètes de l'esprit clérical, dans la réitération patiente du seul pari qui vaille pour l'école publique : celui du libre accomplissement des potentialités propres à chacun. Déverrouillage des horizons, par-delà les limites des situations et des intérêts dominants du lieu et de l'heure. Une telle ouverture spirituelle inclut la connaissance du phénomène religieux, et des traces qu'il a laissées dans la culture ou dans l'histoire, comme des idéaux politiques de justice, et des développements historiques qui s'en sont réclamés. Encore faut-il éviter alors toute discrimination dans l'approche : il n'est pas légitime à cet égard d'étudier le christianisme indépendamment de l'Inquisition et des croisades si par ailleurs on n'étudie les humanismes socialistes qu'en liaison avec les crimes de l'épisode stalinien. La question du rapport entre les idéaux et l'histoire réelle est trop complexe pour donner lieu en l'occurrence à un déséquilibre dont le sens idéologique est par trop évident. La neutralité laïque est en la circonstance la simple honnêteté intellectuelle. Elle n'élude pas les exigences de la connaissance objective : elle les souligne au contraire, en s'interdisant toute attitude discriminante qui confinerait à un prosélytisme qui n'avoue pas son nom ou à une démarche partisane.

Le pari de la laïcité est celui de la connaissance éclairée et de l'indépendance de jugement. Pari vital, car la liberté et l'égalité inscrites sur les frontons des mairies ne seraient rien sans le grand partage de l'instruction et de la culture qui donne à l'autonomie non seulement son assise et ses références, mais aussi les repères qui en assurent l'exercice maîtrisé.

Idéal d'un monde commun à tous les hommes sur la base des principes les plus exigeants de leur accomplissement, la laïcité ne va pas sans effort. Elle est incompatible avec l'expression sans retenue des appartenances religieuses ou politiques dans l'espace scolaire. Dans certains cas, une telle expression peut relever en réalité d'une emprise familiale ou communautariste qui fait bon marché de la liberté du sujet humain sur lequel elle s'exerce, comme le port obligé du foulard pour les jeunes filles soumises à la contrainte islamiste. Entériner cette contrainte en la consacrant dans l'espace scolaire, c'est priver de tout recours celles qui la refusent en tant que signe d'infériorité sexiste et/ou de tutelle confessionnelle. Le droit des individus entre en l'occurrence en conflit avec celui qu'entendent exercer les communautés sur leurs « membres ». L'école laïque, vecteur de liberté et d'égalité, ne peut sans se contredire consacrer en elle les discriminations. Elle ne peut non plus laisser entendre que la construction d'un monde commun de concorde peut s'accommoder de manifestations provocantes d'allégeances, même volontairement assumées, dans un espace dévolu à l'étude. Ce serait alors aliéner cet espace à l'affrontement virtuel ou actuel des « différences », et compromettre le travail par lequel chacun apprend cette distance à soi qui tient à la conscience réfléchie de la distinction entre croire et savoir, et à la résolution de vivre ses croyances sans fanatisme.

L'originalité du lieu scolaire

L'école n'est pas un lieu comme un autre. Elle accueille des enfants, dont elle fait des élèves. Elle les accueille tous, sans distinction d'origine, de religion ou de conviction spirituelle. Elle prépare à la citoyenneté, sans épouser l'illusion d'une citoyenneté spontanée, qui préexisterait au processus de sa formation. C'est dire que la laïcité n'est pas seulement un droit : elle est aussi une exigence. Les enfants-élèves n'appartiennent plus tout à fait à leur famille ; mais ils ne s'appartiennent pas encore tout à fait à eux-mêmes, même si en droit ils sont là pour apprendre à se passer de maître. D'où la tâche délicate de l'école laïque, qui en un sens est une institution organique de la République, et ne saurait être réduite à un simple prestataire de services, tributaire de la demande sociale du jour. La logique de l'école est celle d'une offre de culture, et d'une offre qui doit toujours déborder la demande, afin de s'affranchir de ses limites. D'où la nécessité d'une ouverture grand angle du champ de la connaissance, incluant les religions, les mythologies, les humanismes rationalistes, tout ce que jadis on appelait fort bien les humanités.

L'école laïque accueille tous les enfants : il n'y a pas d'étranger dans l'école de la République. Elle doit de ce fait respecter une déontologie laïque, et faire valoir une exigence de retenue propre à assurer la coexistence de tous et surtout à permettre l'accomplissement serein de l'instruction. Et ce dans l'intérêt de tous. Il n'y a donc place en elle ni pour le prosélytisme religieux ni pour la propagande athée. Un professeur pourra évoquer la Bible ou le Coran en classe, ou encore étudier un texte de Voltaire ou de Feuerbach, mais en se souvenant toujours que ses élèves proviennent, nous l'avons vu, de trois grandes options spirituelles distinctes : la croyance religieuse, les convictions athée ou agnostique. D'où une exigence stricte de ne blesser personne en valorisant ou en disqualifiant une croyance, tout en cherchant à faire connaître ce qu'elle est. Pour cela, faire la part de ce qui relève du régime de la croyance et de ce qui relève de celui du savoir est essentiel. La laïcité scolaire, on l'a vu, ne requiert nullement la critique des croyances, mais la lucidité qui fait qu'un élève doit opérer en lui la distinction entre croire et savoir. Exigence régulatrice là encore, mais décisive pour éviter les fanatismes et l'intolérance.

À la déontologie du maître doit correspondre une culture de l'exigence chez l'élève. En ce sens, la dissymétrie créée par l'encouragement prodigué aux élèves pour qu'ils affirment d'emblée ce qu'ils sont ou croient être est néfaste. Sous l'apparence de la spontanéité ainsi prisée peuvent se dissimuler des sujétions très réelles, que l'on entérine en laissant croire que l'opinion première a une valeur suffisante. En revanche, une culture de l'exigence, voire de l'effort et de la distance à soi, a au moins le mérite de donner sa chance à l'émancipation personnelle. Entendons-nous bien. Il ne s'agit certes pas de disqualifier les cultures ou les traditions d'origine, ni de reproduire une posture néocolonialiste ou stigmatisante. Il s'agit simplement de promouvoir un rapport éclairé, distancié, aux facteurs de construction de l'identité, et de les inscrire dans un horizon de culture universelle vers lequel se porte le travail de la pensée quand il s'affranchit des représentations immédiates.

Ces remarques conduisent à considérer l'enjeu propre de la laïcité scolaire comme projet d'émancipation. Une fois de plus, on ne peut se satisfaire d'une conception qui privilégierait unilatéralement le droit de manifestation des opinions ou des croyances, sans poser la question de la construction du sujet autonome, de l'égalité des sexes, de l'indépendance de l'école par rapport aux divers groupes de pression. C'est ce souci qui doit régler la réflexion sur le dispositif juridique propre à mieux faire appliquer la laïcité dans le contexte actuel. Respecter la diversité sans lui aliéner l'espace civique et l'ensemble des services publics ou des institutions qui font vivre la République ; mettre en rapport la laïcité comme exigence et la laïcité comme droit ; rendre lisible le projet d'émancipation qui découle de la laïcité, notamment en ce qui concerne l'égalité des sexes mais aussi les valeurs du triptyque républicain : telles sont les orientations essentielles de la laïcité scolaire.

Du fait de l'obligation scolaire, les élèves ne sauraient être considérés comme de simples usagers. Il leur faut coexister dans une même institution publique dont le but est de les élever à l'autonomie de jugement et à la culture universelle qui lui fournit ses repères. Ils deviendront ainsi des hommes libres. Cette finalité de l'école est essentielle tant pour leur accomplissement personnel que pour la préparation à l'exercice de la citoyenneté éclairée. Ainsi comprise, l'école assure l'émancipation intellectuelle et morale de chacun : du fait qu'elle est ouverte à tous, elle se doit d'être laïque, c'est-à-dire soucieuse de promouvoir ce qui est commun à tous et non ce qui divise ou oppose les hommes. L'idée d'un monde commun à tous par-delà les différences trouve en elle sa première illustration, et son moyen de réalisation effective.

Pour atteindre un tel objectif, l'école a le devoir d'organiser son espace propre afin de rendre possible un climat d'étude, de sérénité, et de concentration intellectuelle. Dans cet esprit, c'est légitimement qu'elle peut faire valoir certaines exigences de neutralité et de retenue qui sont incompatibles avec toute manifestation d'appartenance religieuse ou idéologique. Il en va de la paix interne au lieu scolaire, qui ne saurait sans danger pour lui-même importer la guerre des dieux ou les conflits d'identités imaginaires qui apparaissent dans la société civile. Pour ces raisons de fond, toutes positives, il convient de placer l'école hors de portée des groupes politico-religieux et de la préserver des risques de manifestations porteuses de conflit. En référence à la fonction républicaine de l'école, les exigences évoquées et les règles qui les traduisent concrètement peuvent être considérées comme partie prenante de l'ordre public, ajusté à l'originalité fonctionnelle du lieu scolaire.

Dieu à l'école ?

Sous l'apparence d'une enquête scientifique, on tente aujourd'hui de présenter comme une *demande sociale* l'introduction des religions à l'école. L'idée directrice est que la présence du fait religieux à l'école serait très insuffisante. On ne cesse de dire, sans véritable preuve précise, que l'école ne donne pas assez de connaissances en la matière, ou qu'elle se *limite* à une approche simplement historique, ce qui est déjà une thèse contestable, puisque l'éclairage historique a au moins le mérite de donner à connaître le phénomène religieux dans son contexte. Deux points différents sont souvent mêlés sciemment : la question de la *quantité* des connaissances et celle de leur *nature*. Il faut également souligner le flottement continuel entre des expressions aussi différentes que « enseignement des religions », « enseignement sur les religions », « histoire des religions », « cours de religion », « connaissance des religions ». Ce flottement ouvre la voie à des exploitations idéologiques peu contrôlables.

Doit-on rappeler que la *connaissance objective et distanciée des faits religieux* (doctrines et réalités historiques, œuvres d'art et actions de tous ordres inspirées par les religions) ne peut en toute rigueur être confondue avec un enseignement, ou un cours *de* religion ? Si l'exigence d'extériorité et d'objectivité qui relève de la déontologie laïque est respectée, seule la première formulation peut être admise. On verra plus loin que ce flottement terminologique n'a rien d'innocent. S'agit-il de faire connaître les faits, ou de valoriser des croyances religieuses ? Bref, s'agit-il d'instruire, ou de conditionner selon une démarche prosélyte ? La question doit être posée clairement, car tout le reste en découle.

On avance d'abord le légitime souci de la connaissance. Mais que faut-il connaître exactement ? Les doctrines et les textes qui les formulent ? Les réalités historiques qui en ont dérivé ? Le rapport entre les deux ? Pour l'exemple, une chose est l'analyse objective du *Sermon sur la montagne*, afin de dégager la doctrine en jeu ; autre chose l'étude de la création de l'Inquisition et des croisades ; autre chose encore la réflexion critique et lucide sur le rapport entre les idéaux et les violences de l'histoire.

Si le but est de faire progresser le savoir (finalité culturelle), la référence aux contextes historiques est requise. Faut-il dès lors créer une discipline spécifique, qui présente l'inconvénient d'abstraire les religions des configurations sociales et historiques ? La même remarque vaudrait pour les autres figures de la vie spirituelle, les mythologies, les doctrines politiques, les mouvements de pensée. Un glissement subreptice est souvent effectué entre la question de la connaissance objective et celle du « sens ». Ce glissement ne va pas de soi, car il met en jeu deux finalités bien distinctes, dont la seconde peut déboucher sur une démarche de prosélytisme.

Le problème des croyances structurantes, ou plus généralement des options philosophiques et spirituelles, requiert dans une école ouverte à tous, l'école laïque, tact et discrétion, refus de privilégier une modalité particulière du rapport au sens. La question éthique, par exemple, n'a pas de rapport privilégié avec la religion ou la modalité religieuse de la spiritualité : elle peut relever d'un humanisme athée autant que d'une confession. Quant aux grandes interrogations métaphysiques et philosophiques, elles reçoivent dans l'école laïque le seul traitement qui convienne à l'exigence de liberté de conscience et d'autonomie, mais aussi d'universalité, à savoir une approche raisonnée, distanciée, soucieuse d'esprit critique. Histoire, lettres, philosophie, entre autres, ne sont pas habilitées à promouvoir une certaine doctrine, mais à procurer à tous les élèves les instruments intellectuels et les repères culturels pour forger eux-mêmes leurs convictions éthiques, et non les recevoir toutes faites.

L'ambiguïté concernant les finalités de l'approche scolaire du fait religieux est aujourd'hui récurrente. En effet, l'évocation de la finalité culturelle et intellectuelle d'une telle approche ne permet pas, par exemple, de justifier les cours de religion tels qu'ils existent aujourd'hui en Alsace-Lorraine, maintenue sous régime concordataire. Ces cours ne répondent ni dans leur esprit ni dans leur modalité à la finalité revendiquée. Assurés par des tenants des confessions, ils ont à l'évidence une dimension prosélyte totalement incompatible avec la neutralité confessionnelle de l'école laïque. La consécration du principe de l'ouverture de l'école sur la société civile et la légitimation du recours à des « intervenants extérieurs » ouvrent trop souvent la voie au prosélytisme.

À la réflexion, les modalités d'un enseignement plus substantiel portant sur les faits religieux sont étroitement solidaires des finalités qu'on lui assigne. La religion, l'athéisme et l'agnosticisme constituent trois options spirituelles, entre lesquelles l'école laïque n'a pas à trancher. Marianne n'est pas arbitre des croyances. Celles-ci sont du ressort de la sphère privée, où elles ont toute liberté de s'accomplir, soit individuellement, soit collectivement.

La croyance religieuse, en tant que croyance, requiert de la part de l'école publique un devoir de retenue, qui n'est pas ignorance, mais simple respect, y compris par souci de l'égalité des options spirituelles. En revanche, cette retenue n'est nullement incompatible avec le souci de faire connaître les éléments doctrinaux, les faits historiques, et les œuvres inspirées par les religions, dans une approche distanciée et réfléchie, résolument extérieure aux convictions qu'elle se donne pour objet d'étude.

Extériorité ne veut pas dire hostilité, mais mise à distance afin de garantir une approche dépourvue d'esprit partisan. Cette « ascèse laïque », rappelons-le, a pour raison d'être de promouvoir ce qui peut unir tous les hommes, à savoir une culture éclairée, déliée des appartenances particulières. La déontologie laïque, qui tient également à distance les préférences politiques, est ici encore exemplaire. Qu'elle soit davantage un idéal régulateur qu'une exigence pleinement réalisée ne lui ôte rien de sa valeur, bien au contraire.

Dans la sphère publique, à laquelle appartient l'école ouverte à tous, l'enseignement, par nature, doit garder un caractère rigoureusement non confessionnel. Cette exigence signifie que l'enseignement est et doit être areligieux. On peut parler à cet égard de laïcité des programmes scolaires.

Mais ce qui est vrai des croyances, particulières, ne l'est pas des connaissances et des principes civiques ou éthiques de la citoyenneté, universels. C'est pourquoi, si aucun cours de religion n'a sa place dans les programmes, en revanche une approche distanciée et raisonnée du phénomène religieux, comme de l'ensemble des mythologies et des faits culturels qui font partie des humanités, y est légitime. Car il s'agit alors d'instruction objective et non de prosélytisme. À cet égard, les cours de religion dispensés par des représentants des confessions en Alsace-Lorraine sont un exact contre-modèle de ce que peut être une connaissance laïque du phénomène religieux.

La distinction entre catéchèse et enseignement portant sur le fait religieux est très claire et impossible à brouiller. N'étant pas de nature confessionnelle, un tel enseignement est possible dans les établissements publics. Il peut y être assumé, comme c'est déjà très largement le cas, par les différentes disciplines capables d'éclairer le sens du phénomène religieux dans les différents contextes de son déploiement : histoire, littérature, philosophie, histoire de l'art. En résumé, puisque l'école publique est par définition ouverte à tous, nulle croyance religieuse, nulle conviction athée ne peut y être valorisée ou promue, car cela romprait aussitôt le principe d'égalité, tout en faisant violence aux familles qui ne partagent pas la conviction particulière ainsi privilégiée. Si la

connaissance du fait religieux comme du patrimoine mythologique et symbolique de l'humanité
doit y être développée, il n'y a pas plus de place
en elle pour un cours de religion que pour un
cours d'humanisme athée, les deux options spirituelles jouissant du loisir de se cultiver dans la
sphère privée, que celle-ci soit de nature individuelle ou associative.

La connaissance du fait religieux, qu'il s'agisse
des doctrines ou des réalités historiques, comme
celle des mythologies et des symboliques figurant
dans le patrimoine universel, ou des représentations du monde, légitimement inscrite dans la
culture à enseigner, doit être rigoureusement
dissociée de toute valorisation prosélyte comme
de tout dénigrement polémique. Les expressions
« culture religieuse » ou « enseignement des religions » sont à cet égard trop ambiguës pour pouvoir être utilisées. L'approche des faits et des
doctrines religieuses, à l'écart de toute posture
partisane, doit relever d'une attitude conforme à
la responsabilité confiée à l'école publique, et aux
principes qui la règlent. Nulle institution théolo-
gique ne doit intervenir dans l'enseignement
public, ou dans la formation des maîtres de l'école
publique, sous prétexte d'y faire connaître les religions. Nul parti politique non plus n'est habilité à
y intervenir sous prétexte de faire connaître les
doctrines politiques. Le mélange des genres serait
en l'occurrence dommageable, et source poten-
tielle de conflits. D'où la nécessité d'une déontologie laïque. Celle-ci appelle un devoir de distance
et de réserve de l'enseignant, correspondant au
droit des élèves de ne subir aucun prosélytisme.

La question du sens de l'existence, et des repères éthiques ou civiques propres à l'éclairer, ne peut recevoir qu'une élucidation réflexive et critique, à l'exclusion de toute valorisation non distanciée, forme larvée de conditionnement. Les registres du savoir et de la croyance doivent être soigneusement distingués, et ce qui est objet de croyance explicitement indiqué aux élèves (le terme « révélée », à propos de la religion, par exemple, doit toujours comporter des guillemets, indiquant qu'il n'y a « révélation » que pour ceux qui y croient). Une discipline spécifique pour l'étude du fait religieux ne se justifie pas, car cela préjugerait d'une importance préférentielle au regard d'autres aspects des humanités et des univers symboliques ou philosophiques, comme de la possibilité de décider de son sens indépendamment du rapport à un contexte. Nulle raison ne permet en effet de réserver ce traitement à la figure religieuse plus qu'aux figures athées ou agnostiques de la vision du monde.

Savoir et croire

À certains égards, deux dangers apparemment contradictoires et pourtant complémentaires guettent aujourd'hui notre monde : le *relativisme* et le *fanatisme*. Tous deux se caractérisent par certaines dispositions de la conscience humaine. Dans le cas du *relativisme*, l'inconstance de l'existence et des représentations liées au devenir aboutit à un doute général, qui n'est plus seulement une méthode de précaution destinée à lever l'ascendant des faux-semblants du vécu, mais devient une sorte d'état constant de mise en cause de tout principe et de toute valeur, sous prétexte que tout se justifierait dans une certaine perspective, liée au lieu, à l'époque, ou à l'état psychologique. Dans le cas du *fanatisme*, la conscience adhère totalement et sans nuance à une croyance, au point que la raison s'en trouve asphyxiée. Le fanatique abdique toute exigence de distance à soi et de lucidité intellectuelle, et en vient à méconnaître absolument toute distinction entre croire et savoir. Relativisme radical et fanatisme articulent tous deux une façon d'être à une conception des choses, et c'est à ce double titre qu'il convient de les examiner de façon lucide. Les deux écueils qu'ils représentent dans leurs effets pratiques sont à comprendre à partir d'une réflexion sur les différents registres de la conscience. D'où la nécessité de faire d'une telle réflexion l'un des préliminaires de la philosophie de l'éducation et de la déontologie laïque.

La pluralité des dimensions de l'expérience humaine se traduit notamment par les différents registres de la conscience, tels qu'ils interviennent d'abord au fil de l'existence, pour s'agencer ensuite dans la vie subjective. Certitude sensible, croyance, imagination, savoir, raison théorique et raison pratique sont d'abord éprouvées avec la conscience plus ou moins claire de ce qui les sépare ou les distingue. Parvenue à la pleine lucidité, la conscience n'a pas tant à abolir un registre au profit des autres qu'à organiser en elle leur coexistence maîtrisée, assortie de la compréhension de leur portée respective. Elle les décline et les récapitule, les compare et les met à distance, les sépare sans les isoler. Ce qui ne va pas sans d'éventuelles corrections mutuelles. Sa richesse intérieure et la sagesse qui en use résident alors dans la faculté qu'a la conscience de les parcourir sans les confondre, prenant goût à cette variété dont elle se sait maîtresse. C'est qu'elle peut la vivre alors comme la variation maîtrisée d'une même présence au monde : elle éprouve ainsi la valeur et la portée relative de chacune des façons qu'elle a de s'y rapporter, l'inscrivant dans un horizon qui la situe et lui assigne son sens. Unité et diversité, identité et différences sont alors conjuguées dans la vie subjective, sans que le for intérieur soit dessaisi de sa continuité ni de sa maîtrise.

La condition préalable d'une telle maîtrise intérieure est claire : nul registre ne doit faire obstacle au déploiement de ceux qui lui succèdent dans la construction d'ensemble de la lucidité. Ce genre d'obstacle peut provenir par exemple d'une croyance fanatique et obscurantiste, incompatible avec l'essor de la raison et de la connaissance rationnelle. Il annonce par là une mutilation foncière de la conscience, à laquelle il ne permet pas de décliner l'ensemble des registres à sa disposition. Cette amputation est d'autant plus grave qu'elle affecte en l'occurrence la raison, faculté du juste autant que du vrai, et de ce fait instance intérieure de discernement de ce qui relève ou provient des différentes modalités de la conscience. Ce qui est touché de la sorte, c'est donc, plus profondément, la possibilité d'assumer de façon équilibrée le pluralisme intérieur des registres de la conscience. On peut ajouter ici que le rationalisme n'est pas la négation de ce pluralisme, mais la conviction selon laquelle il ne peut se vivre sereinement et de manière compatible avec l'exigence de lucidité que sous l'égide de la raison.

Le rôle de l'instruction et de l'éducation rationnelle qu'elle fonde est sur ce point essentiel. On ne demande pas à l'école laïque de disqualifier ou d'éradiquer le régime de la croyance, mais de le faire percevoir comme tel par tous et par chacun. La lucidité et la tolérance sont à ce prix. La déontologie laïque insiste sur la différence, dans le sillage de ce que rappelait Condorcet. Les croyances sont particulières, alors que les connaissances sont universelles. D'où la nécessité de ne promouvoir aucune croyance — sauf à faire ouvertement une discrimination entre athées et croyants, ou entre croyants des diverses religions.

Si un athée ne peut consentir à un credo religieux obligé, ni imaginer que son athéisme soit librement accepté par un croyant, un croyant ne peut pas plus accepter de se soumettre à une profession de foi d'athéisme imposée, ni imaginer que sa croyance soit librement acceptée par un athée. Le test de l'universalisation repose sur la conscience de soi de la liberté, telle qu'elle se manifeste dans l'adhésion délibérée à une option spirituelle. L'un et l'autre s'attacheront en conséquence à penser un système qui fasse droit à leurs options spirituelles respectives sans stigmatisation aucune. La maîtrise intérieure des registres de la conscience est alors envisageable sans abandon ni dévalorisation d'aucun d'entre eux. À cette maîtrise intérieure peut correspondre la réappropriation raisonnée de la culture, recueillie dans la relation aux différents types de réalités qu'elle a produites. Ces dernières, reconnues comme autant d'expressions du libre déploiement de l'humanité, sont ainsi assumées dans la conscience de leur sens. La culture, qui est à la fois autoproduction et objectivation de l'humanité, permet à chacun de se former en elle comme dans son élément nourricier, avant d'être comprise et reconnue par la conscience effectuant la récapitulation du sens. Pour remonter à la source vive de celui-ci, il faut prendre la mesure de la distinction du monde humain et de la nature, telle qu'elle s'accomplit et s'approfondit par le processus de la culture. Ce qui alors se *manifeste*, littéralement, c'est l'activité humaine comme autoproduction, qui se dégage graduellement de la naturalité. L'unité originelle de l'être-au-monde est donc riche, virtuellement, de ses différenciations ultérieures, mais celles-ci doivent advenir dans l'histoire. La volonté lucide y contribue en relayant le dynamisme du réel. La transposition scolaire de la culture universelle est bien un levier d'émancipation, pourvu que n'en soit pas brouillée la signification par des conditions sociales si difficiles qu'elles lui donnent l'allure d'une sorte de luxe inaccessible.

L'ouverture à l'universel

La République repose sur la résolution de ses citoyens à la défendre. Montesquieu rappelle que la vertu civique est le principe, c'est-à-dire le ressort subjectif, du gouvernement républicain, qui a besoin de « toute la force de l'éducation ». La laïcité a d'abord pris pied dans l'État par l'école : les exigences propres de l'instruction impliquaient que l'institution scolaire rejette toute mise en tutelle, qu'elle soit séparée de toute église. La République a d'abord fait l'école en osant l'émancipation laïque, réalisée notamment par les lois qui de 1881 à 1886 la réalisèrent. Réciproquement, c'est bien l'école laïque qui donne sa force à la République, en lui assurant des citoyens « incommodes », vigilants autant que dévoués... L'école publique, fondée dans le cadre de la construction républicaine, s'est assigné un but spécifique, qui conjugue à la fois l'égalité, garantie par la gratuité et l'obligation scolaire, et la liberté de conscience des élèves, étayée sur l'autonomie de jugement et la culture universelle qui lui fournit ses repères.

L'État républicain laïque n'est pas neutre au sens où il serait indifférent à des valeurs essentielles à la fondation de la Cité. Il incarne en effet le choix simultané de la liberté, de l'égalité, et du souci d'un espace civique commun à tous, sans privilège ni discrimination. Cette universalité, concrètement, se traduit par la volonté de promouvoir ce qui est d'intérêt commun. En revanche, la laïcité requiert la neutralité confessionnelle de l'État, qui est la condition de l'affirmation des valeurs ainsi rappelée. Une telle neutralité signifie que l'État se tient en dehors de toute confession ou conviction spirituelle particulière, et pas seulement qu'il tiendrait la balance égale entre les religions. Le caractère public de l'enseignement inscrit sa raison d'être dans une telle perspective.

Il a pour finalité de faire accéder tous les élèves, quelle que soit leur origine sociale ou l'option spirituelle de leurs familles, à l'universalité du savoir afin qu'ils puissent le moment venu exercer leurs droits et remplir leurs devoirs de citoyens de façon libre et maîtrisée. L'autonomie de jugement et le pari de l'intelligence constituent à cet égard des valeurs décisives de la laïcité.

L'école publique, école de tous, est dévolue à l'universel. À ce titre, elle ne peut être soumise à l'environnement social ni être façonnée par lui. Instrument d'indépendance et de libération de l'esprit humain, l'école laïque républicaine s'adresse au futur citoyen, sujet de droit, auquel elle délivre une forme de savoir élémentaire fondée sur les fondements communs à l'humanité, pour qu'il construise sa propre autonomie. Elle ne vise que l'esprit de l'élève et ne s'adresse en lui qu'à ce qui doit grandir, afin de ne pas transformer sa réalité sociale en destin : il ne peut atteindre ce résultat si son seul horizon se cantonne à des réalités ethniques, économiques, sociales ou techniques. L'école ne rive pas les élèves à leurs origines, à des « identités » supposées telles, et elle ne les évalue ni positivement ni négativement en fonction de leurs différences. Certes, l'universalité ne se réduit en aucun cas à l'uniformité. Mais le statut des différences doit rester compatible avec la préséance de la loi commune, gage d'ouverture et d'émancipation. La distinction de la sphère privée et de la sphère publique est à cet égard décisive. Car elle permet, en distinguant les lieux et les modes d'affirmation des « différences », de préserver simultanément le libre choix d'une option éthi-

que ou spirituelle, et la sérénité de l'espace scolaire ouvert à tous. Cet espace est aussi — et surtout — ouvert à la culture émancipatrice qui met
à distance tout particularisme, ne serait-ce que
pour mieux le comprendre en le resituant dans un
horizon d'universalité, et en susciter ainsi une
modalité d'affirmation non fanatique.

La vocation universaliste de l'école publique, on
l'a vu, se traduit par son caractère laïque. Les
croyances et confessions sont particulières, c'est-
à-dire propres à certains et non à d'autres. Elles
doivent donc, en principe, se tenir dans la sphère
privée, où leur expression individuelle et collective
jouit de la possibilité de s'affirmer librement, et
volontairement, dans le cadre du droit commun.
C'est dire qu'elles n'ont pas de place de droit dans
l'école publique. Ce principe n'énonce aucune posture d'hostilité à l'égard des religions, mais ne fait
que traduire l'exigence d'égalité et de neutralité
confessionnelle. On peut en comprendre la portée
en précisant qu'un cours d'athéisme n'aurait pas
plus sa place dans l'école qu'un cours de religion
n'y a la sienne. Toute préférence partisane insti-
tutionnalisée blesse ceux qui ne la partagent pas :
elle déroge simultanément aux trois principes de
liberté de conscience, d'égalité, et d'universalité
du service public d'enseignement. Dans le même
ordre d'idées, la présence de services d'aumône-
ries n'est légitime que dans les internats des établissements scolaires, comme dans toutes les communautés fermées, car la sphère privée s'y trouve
hébergée. Toute autre interprétation ne ferait que
bafouer la laïcité de l'école publique.

Ainsi l'école laïque est bien un lieu d'ouverture à l'universel. Elle est aussi un lieu de concorde, car elle met en avant ce qui unit tous les hommes, et non ce qui les divise.

CONCLUSION

La solution des difficultés traversées aujour-d'hui par l'école ne va pas de soi. Une politique scolaire alternative, qui consisterait à maintenir le niveau d'exigence de la culture enseignée tout en relevant le défi de l'extension démocratique de son champ d'application, devrait agir sur les leviers qui permettent réellement un tel progrès. Il s'agirait d'une œuvre de longue haleine, qui n'aurait rien de spectaculaire ou de démagogique-ment flatteur. Il n'est évidemment pas dans l'esprit de cet ouvrage de détailler les mesures qui seraient souhaitables. Du moins est-il possible d'en évo-quer les grandes orientations, en conformité avec l'idéal fondateur de l'école, mais aussi en prise sur les réalités concrètes.

Le premier levier est celui de la justice sociale, et plus précisément de la maîtrise humaine des gains de productivité. Avant de prétendre soigner la seule école de ses dysfonctionnements, sans doute faut-il remonter à la source sociale du mal. Ce type de volontarisme ne semble plus avoir cours, et l'on prétend trop souvent se venger sur l'institution du fait qu'elle rend manifestes les inégalités qui lui préexistent, alors même qu'elle s'efforce d'en réduire la portée. Un tel volontarisme social et politique conduirait à repenser les questions budgétaires en termes moins étroits. Le coût du pari sur la culture et l'instruction paraîtrait bien moindre si l'on s'avisait des dérives et des détresses auxquelles il permet d'échapper. L'amélioration de la prise en charge des élèves par l'école publique, par exemple, serait à la fois un authentique progrès social et une condition de lutte plus efficace contre l'échec scolaire. L'inspiration généreuse de la politique des « zones d'éducation prioritaire » pourrait trouver là un de ses champs d'intervention privilégiés.

Une politique sociale de l'enfance, visant à combler la disparité des conditions qui peut exister entre les familles, permettrait sans doute, à moyen terme, de promouvoir de façon plus décisive l'égalité des chances. Il en est de même d'une politique culturelle consistant non à enfermer les jeunes dans leurs « différences », mais à déverrouiller pour eux l'horizon des références culturelles. On se souvient à cet égard de la démarche exemplaire du Théâtre national populaire, qui jouait *Le Cid* dans les quartiers populaires. Il faut évoquer aussi la familiarisation avec le livre par des bibliothécaires de rue et des conteurs dans les cités les plus défavorisées : propédeutique féconde, à concevoir en liaison avec le développement et le perfectionnement de l'école maternelle.

Une relégitimation de l'école est à l'évidence urgente. Le mythe de l'« école parallèle », selon lequel on s'instruirait finalement plus en dehors de l'école, est, au mieux, un malentendu sur ce que signifie s'instruire : malentendu lié à la confusion entre information et connaissance. Le dénigrement, voire l'absence totale de respect et de considération pour les enseignants, ne permet guère à ceux-ci de donner le meilleur d'eux-mêmes. Le paradoxe est que l'on demande toujours plus à l'école — y compris le cas échéant de se substituer aux familles défaillantes —, alors qu'on la tient dans le même temps en piètre estime, et qu'on ne se prive pas de le faire savoir aux enfants eux-mêmes, ainsi poussés à faire peu de cas des professeurs et de l'institution scolaire en général.

Il convient également de bien poser le problème de la diversification de l'école, en l'articulant à l'unité fondamentale dont elle relève. Cette unité ne peut valoir comme référence que si elle est conçue de façon riche et ouverte, intégrant par exemple les activités techniques et artistiques, manuelles et intellectuelles, avec reconnaissance d'une dignité égale. La diversité légitime des voies d'accomplissement ne s'ordonne plus dès lors à un principe hiérarchique, et chacune peut inscrire la dominante qu'elle se choisit dans l'horizon d'une culture générale elle-même diversifiée. On a vu qu'à cet égard la place de l'enseignement professionnel comme le statut qui lui est donné sont particulièrement sensibles, et représentatifs d'une politique progressiste de l'école.

Le souci de maintenir dans la conception des programmes d'enseignement une ambition culturelle forte est une condition essentielle d'une authentique démocratisation. On ne peut donc opposer l'investissement dans une discipline et la compétence pédagogique, ni définir cette dernière par opposition au savoir dit « académique ». Revaloriser l'amour du savoir contre les dérives formaliste et pédagogiste apparaît de ce point de vue essentiel, y compris dans la lutte contre les nouvelles formes d'obscurantisme et d'irrationalisme.

Les concours nationaux de recrutement des professeurs ainsi que la valeur de leur formation initiale et continue sont les gages de la qualité de l'enseignement, tout comme de l'indépendance avec laquelle il est dispensé. Face aux groupes de pression de tous ordres, il importe plus que jamais que cette indépendance soit reconnue et préservée. Or c'est ce qui risque le plus d'être remis en question avec la tendance à redéfinir les établissements d'enseignement comme des entreprises dirigées par des « managers », et l'alourdissement consécutif de la tutelle administrative locale.

De telles mesures, mentionnées parmi bien d'autres possibles, ne suffisent sans doute pas sans une volonté politique de remettre l'école à l'honneur, ni sans doute un souci résolu, dans l'opinion publique, de lui assurer la considération et les moyens d'accomplir ses missions. Cela suppose d'abord que celles-ci soient pleinement reconnues. Le destin de l'école républicaine relève aujourd'hui comme hier d'une volonté politique et des orientations concrètes qu'elle est susceptible d'adopter. La juste mesure de ce que peut l'institution scolaire requiert à l'évidence un diagnostic rigoureux concernant les causes véritables d'une crise qui lui vient davantage peut-être des maux de la société que d'elle-même.

Reste que la volonté d'instruire peut être fragilisée, découragée par nombre de facteurs, et relayer au sein de l'institution scolaire elle-même la crise issue de la situation faite à l'école. La tentation de la seule réforme pédagogique comporte alors le danger de faire que l'école soit moins exigeante sur le plan culturel pour que son accès soit plus facile à ceux qui sont les premières victimes de la crise sociale. Là réside, on l'a vu, la perversion de l'idéal démocratique, et le danger que l'école renonce finalement à être elle-même pour se mettre au diapason d'une société en déshérence. Si cette tentation, revêtue d'une justification pédagogique aux fondements théoriques incertains, devait inspirer une politique, elle produirait une régression considérable de la fonction émancipatrice de l'école. Certains signes récents semblent indiquer qu'un tel processus est peut-être engagé. Les failles de la culture écrite, par exemple, pourraient bien marquer une véritable régression. Les conséquences pour la formation de l'esprit critique comme pour la capacité d'adaptation professionnelle ne manqueraient pas alors de se faire sentir, car la maîtrise de l'écrit a partie liée avec l'une comme avec l'autre.

Toutes ces questions, et bien d'autres, mettent en jeu le sens et la force propre de l'institution scolaire. Saura-t-on préserver ce qui fut une conquête décisive de l'idéal des Lumières et de l'esprit de justice ? Tout dépend de la conjonction, chez les politiques, de la lucidité et du courage. Il en va de l'idéal républicain lui-même, qui mérite autre chose que des incantations ou de simples révérences. Le souci d'une authentique égalité des chances n'implique nullement une égalité des conditions, mais il requiert à l'évidence une prise en compte des effets de celle-ci en amont de l'école. La politique des zones d'éducation prioritaire (ZEP) est à cet égard essentielle pour faire que se réduise autant que possible ce qu'on appela un jour la « fracture sociale ». Il s'agit non de décréter une égalité de résultats, mais de promouvoir un processus d'acheminement vers l'égalité, afin de rendre crédible le triptyque républicain. On replace ainsi chaque type de responsabilité à son niveau réel : on cesse d'instruire contre l'École un procès injuste et injustifié, qui a si souvent découragé la volonté d'instruire, voire de s'instruire. Une société malade de ses injustices et de ses obscurantismes doit d'abord s'interroger sur elle-même avant d'inculper sempiternellement l'École et ses exigences. Le culte de l'effort pourrait alors prendre un autre sens que celui d'une injonction qui semble parfois provocatrice, ou dérisoire, au regard des fossés qui séparent les hommes du point de vue économique et social. Et la référence devenue trop souvent incantatoire à l'idéal républicain pourrait reprendre toute sa portée dans la conscience commune.

Annexe

TÉMOIGNAGE
D'UN PROFESSEUR DE COLLÈGE

On lira ci-dessous un remarquable témoignage, celui de Michèle Tosel, professeur d'histoire en collège aujourd'hui décédée. S'y expriment à la fois la vocation émancipatrice de l'école, assumée avec courage, avec patience aussi, et une sorte de tristesse devant une évolution qui n'avait pourtant rien de fatal. L'appel final au ressaisissement traduit sans doute la conviction intacte de nombre de professeurs, qui conçoivent leur fonction avec dévouement et persistent à la faire vivre dans le sillage de l'idéal des Lumières : confiance dans l'humanité, pari sur l'intelligence et la culture, rappel de la nécessité de l'effort, refus de toute fatalité sociale. On prendra ce témoignage comme tel, dans son authenticité humaine, sans chercher à lui conférer une portée qu'il ne revendique pas, mais comme un rappel salutaire, au plus près des « réalités concrètes » mais aussi des idéaux fondateurs de l'école. Le texte s'intitulait « Plaidoyer pour les élèves oubliés » :

« J'enseigne depuis bientôt trente-cinq ans. Ces années d'enseignement, je les ai vécues pour la plupart en collège, cette période de la scolarité où se cristallisent les difficultés les plus grandes, difficultés de toujours liées à l'adolescence, difficultés actuelles liées à cette entreprise passionnante mais si difficile d'un collège unique pour des élèves de plus en plus divers. En effet, ce qui me paraît le plus frappant dans l'évolution de la population collégienne de ces dernières années, c'est la façon dont les écarts entre les élèves n'ont cessé de se creuser. Un professeur de collège peut avoir dans la même classe des élèves qui veulent apprendre et toujours apprendre, qui réfléchissent souvent mieux que la plupart des adultes d'aujourd'hui quand ils avaient leur âge, des élèves qui veulent travailler pour réussir socialement, avec plus ou moins de facilité — certains faisant preuve d'une volonté peu commune pour parvenir à leur but — et, enfin, ceux dont on parle tout le temps parce que ce sont ceux qui font le plus de bruit, les élèves qui rejettent l'école, refusent tout travail, et dont le comportement peut être impoli, grossier et même violent. Ces élèves ne sont pas les plus nombreux, mais ils peuvent dans certaines classes empêcher le bon déroulement des cours, rendre l'ambiance entre élèves et les relations professeurs-élèves absolument intolérables. On s'occupe donc beaucoup de ces élèves avec plus ou moins de succès. On a raison de le faire, mais, si l'on veut vraiment sauver l'école, cela ne suffira pas.

Quelle devrait être en effet la fonction essentielle de l'école publique ? Nous sommes nombreux à penser qu'elle devrait permettre l'accès au savoir du plus grand nombre et compenser — autant que possible — les inégalités sociales et culturelles de départ. Or qu'en est-il aujourd'hui ? En focalisant les réformes scolaires sur les élèves qui, pour de multiples raisons (chômage, difficultés d'intégration, crise de famille), rejettent l'institution scolaire, on oublie que, parmi ceux qui veulent réussir, il y a de nombreux collégiens de milieux populaires qui attendent de l'école tout ce que leur famille ne pourra leur donner : culture, intégration, et réussite professionnelle. Les réformes en cours ne s'intéressent pas à eux ni d'ailleurs à aucun des élèves qui veulent apprendre. C'est grave pour tous les collégiens, mais pour ceux qui sont issus de milieux socioculturels défavorisés, c'est l'enfermement social, la fin de tout espoir. Je les ai sous les yeux tous les jours, ces élèves discrets, souvent tristes, qui parfois tiennent bon, parfois tombent malades ou capitulent quand la pression devient trop forte, quand ils ne supportent plus d'être traités de "fayots" ou d'"intellos" tout au long de l'année scolaire. Notre ancien ministre s'étonnait qu'il y ait moins d'élèves des couches populaires dans les grandes écoles qu'il y a quinze ans.

Mais sait-il qu'un élève doué de milieu populaire, élève d'un collège ou d'une classe difficile, doit affronter, dans les conditions actuelles, les pires difficultés pour apprendre : le rejet de la part de ses camarades, des contenus d'enseignement de plus en plus faibles (il est en effet conseillé aux enseignants de s'adapter pour ne pas avoir de conflits avec les enfants difficiles), souvent enfin une certaine déception due à un relatif manque d'attention des professeurs, débordés par les élèves les plus durs, alors qu'ils auraient besoin de ce soutien que leur famille se trouve dans l'incapacité de donner ?

Or les réformes en cours ne cherchent en aucune façon à remédier aux difficultés de ce type d'élèves ni même des élèves de bonne volonté en difficulté scolaire : pour ces derniers seule la remédiation en sixième aurait pu être une idée intéressante si les élèves concernés avaient été choisis par l'équipe pédagogique dans son ensemble, et non au seul vu des textes, et si elle n'était pas faite au détriment d'autres matières (anglais, histoire, arts plastiques, dessin), ce qui n'est pas indiqué pour les élèves plus lents que les autres qui trouvent souvent dans les disciplines artistiques et dans l'histoire de l'Égypte ancienne un certain plaisir. La façon dont elle a été mise en place ne s'est pas faite toujours dans les meilleures conditions. Les élèves qui veulent apprendre au collège (il y en a encore) ont le sentiment qu'ils intéressent peu les pédagogues. Un professeur n'ose plus évoquer un projet d'approfondissement pour les élèves intéressés car il serait tout de suite traité d'élitiste, voire de conservateur. Or à qui profiterait ce genre d'initiative sinon surtout aux enfants les plus ouverts de milieux populaires ? On veut réduire l'enseignement à l'apprentissage de quelques savoir-faire (on n'ose même plus parler de savoirs). Haro sur le professeur qui voudrait encore transmettre des connaissances ! Il faut réduire l'enseignement à ce qui sert. Or la culture, l'histoire, la littérature, les arts et même les mathématiques, tout cela ne sert à rien dans la vie de tous les jours. Tout ce qui est travail de mémoire, tout ce qui est mise en forme par écrit des connaissances acquises, demande trop de travail aux élèves. Ils peuvent trouver tout cela dans leur ordinateur. Il faudrait donc y renoncer ou tout au moins le réduire. Mais ce n'est pas parce que des connaissances sont dans un livre ou dans la mémoire d'un ordinateur qu'elles sont acquises et que l'on pourra les utiliser pour réfléchir, raisonner et comprendre.

Cette conception de l'école est porteuse en elle de tous les échecs et ceci pour tous les élèves. Pour ceux qui rejettent l'école d'aujourd'hui, aussi paradoxal que cela paraisse, ils n'attendent pas de l'école qu'elle les occupe ou les amuse, ils savent très bien que ce n'est pas sa fonction et, intuitivement, ils ressentent cette évolution comme une attitude de mépris à leur égard. Pour ceux qui aiment apprendre ou qui veulent réussir, malheur à eux ! Si les parents n'ont pas les moyens économiques ou culturels d'apporter un complément, tout sera fini pour eux. La culture, l'espoir d'une vie professionnelle réussie seront un luxe réservé aux catégories sociales les plus aisées. Les élèves qui auraient pu réussir seront relégués dans les oubliettes du réformisme pédagogique.

Je voudrais préciser que je suis favorable à de véritables réformes. C'est si facile de taxer les professeurs de conservatisme ! Mais une réforme doit avoir un but ; l'accès le plus large possible des élèves à la culture et non le renoncement à tout pour gagner une paix très hypothétique. On peut baisser les exigences ; le problème de l'incivisme à l'école subsistera, car l'origine du problème n'est pas en son sein. Et cet échec se doublera d'un autre beaucoup plus grave : les élèves, sans aide familiale, susceptibles de progresser grâce à l'école, ne le pourront plus. L'école publique n'aura pas rempli sa mission.

Je vais quitter à la fin de l'année scolaire cette école publique pour laquelle avec tant d'autres collègues nous avons travaillé. Mais, avant de partir, j'ai voulu, par ces quelques lignes, défendre, dans la mesure de mes faibles moyens, ces élèves oubliés. De l'attitude des enseignants et des pouvoirs publics à leur égard dépend l'avenir de l'école publique. »

Michèle TOSEL,
professeur d'histoire et géographie
au collège Jean-Giono à Nice.

APPENDICES

NOTES

I. LA NOTION D'ÉCOLE

1. Jacques Muglioni, *Philosophie, école, même combat*, Paris, Presses universitaires de France, 1984, p. 20.

2. *Propos sur l'éducation*, Paris, Presses universitaires de France, 1952, p. 63.

3. *La formation de l'esprit scientifique*, Paris, Vrin, 1967, p. 252.

4. *Situations I*, Paris, Gallimard, 1947 ; rééd. coll. « Tel », n° 171, p. 61-62.

5. Jean-Michel Muglioni, *Instruction et liberté*, conférence des Soirées philo du lycée de Sèvres, 2004.

6. G. Condorcet, *Premier mémoire sur l'Instruction Publique*, Paris, Garnier-Flammarion, 1983.

II. ÉCOLE ET SOCIÉTÉ

1. *L'État séducteur*, Paris, Gallimard, 1993 ; rééd. coll. « Folio Essais », n° 312, p. 93.

2. *Réflexions sur l'éducation*, Paris, Vrin, 1993, p. 70.

3. *Ibid.*, p. 79.

4. Voir *L'école ou le loisir de penser*, Paris, CNDP, 1994.

5. Jean-Jacques Rousseau, *Émile ou De l'éducation*, livre III, Paris, Gallimard, 1969 ; rééd. coll. « Folio Essais », n° 281, p. 304.

6. *Op. cit.*, p. 45, chap. « La république et l'instruction ».

7. *Propos sur l'éducation, op. cit.*, p. 36.

III. PARTAGE DU SAVOIR, CULTURE COMMUNE

1. « Éloge de nos maîtres », *Contretemps. Éloge des idéaux perdus*, Paris, Gallimard, coll. « Folio actuel », n° 31, repris du préambule des *Préaux de la République*, hommage à Jacques Muglioni, Paris, Minerve, 1991.

2. Voir Nico Hirtt, *Les nouveaux maîtres de l'école*, Paris, VO Éditions, 2000.

IV. LE PROBLÈME DE L'ÉGALITÉ

1. Pierre Bourdieu, *Les héritiers*, Paris, Éd. du Seuil, 1964 ; rééd. 1994.

2. Paris, Éd. de Fallois, 2005.

3. « Vers l'école désémancipatrice », *Revue de l'enseignement philosophique*, mars 1999, p. 74.

4. *Ibid*.

5. Art. cité, p. 74.

INDEX

DANS LA COLLECTION FOLIO/ACTUEL

Composition IGS.
Impression CPI Bussière
à Saint-Amand (Cher), le 11 avril 2014.
Dépôt légal : avril 2014.
1er dépôt légal dans la collection : septembre 2005.
Numéro d'imprimeur : 2009317.
ISBN 978-2-07-031880-3./Imprimé en France.

Henri Pena-Ruiz
Qu'est-ce que l'école ?

Pourquoi exposer le sens de l'école et remonter aux principes fondateurs d'une telle institution ? À l'origine, il y a, bien au-delà du suffrage universel et du principe juridique de la souveraineté populaire, une certaine idée de l'homme-citoyen : il ne s'agit pas seulement de transmettre à tous les enfants les savoirs et les savoir-faire nécessaires à la production des biens requis pour vivre ; il faut aussi, en cultivant l'autonomie de jugement, faire de chaque citoyen le maître de ses pensées.

En raison de son exigence, cet idéal ne peut pas se réaliser aisément. Une société ne se met pas spontanément à distance d'elle-même, surtout lorsqu'elle est dominée par des puissances médiatiques, désireuses de « faire l'opinion », et déchirée par un chômage structurel. Dans ce contexte, l'existence de l'institution scolaire n'est-elle pas en péril ?

Telle est la singularité du présent ouvrage : à la fois présentation raisonnée de l'idéal fondateur de l'école et mise à l'épreuve de cet idéal au regard d'une réalité qui en contrarie la réalisation, il donne des repères conceptuels propres à affranchir le jugement des malentendus polémiques.

George Segal, *Homme adossé à une clôture de portes* (détail) © The George and Helen Segal Foundation-ADAGP, 2005. The Hudson River Museum, Yonkers (New York).

9 782070 318803   ISBN 978-2-07-031880-3 A 31880

folio actuel

catégorie **F6**